なみだ酒

死なない男・同心野火陣内

和久田正明

時代小説文庫

角川春樹事務所

目次

本書はハルキ時代小説文庫の書き下ろしです。

なみだ酒

死なない男・同心野火陣内

第一章　蔭間《かげま》殺し

一

男盛りが三人、壮烈に飯を食っていた。

どんぶりに山盛りの銀舎利《ぎんしゃり》を頬張《ほおば》り、おかずは鮭《しゃけ》の塩焼きに沢庵《たくあん》、豆腐《とうふ》の味噌汁《みそしる》だ。

飯と汁から湯気が立ち、鼻の頭に汗を掻《か》き、男たちはフガフガと食らっている。

三人は野火陣内《のびじんない》、左母次《さもじ》、池之介《いけのすけ》である。

出陣する前だから三人とも捕物の身支度を整え、襷掛《たすきが》けに鉢巻《はちまき》をし、見るからに勇ましい。

陣内は南町奉行所定廻《みなみまちぶぎょうしょじょうまわ》り同心で、年は三十半ば、大きな躰をして太い鼻に眉毛薄く、目は小さめで首太く、全体にどっしりと重量感のある男だ。

陣内抱えの岡っ引きである左母次と池之介は、定服である揃いの紺《こん》の着流しに梵天《ぼんてん》帯《おび》を締め、無房の十手を腰に差している。二人とも月に一両の手当てを陣内から貰っているから、岡っ引きとしては高待遇ということになる。

左母次は三十前のがっしりした体格を持ち、色浅黒く、男臭い風貌だ。一方の池之介は二十半ばで背丈があり、細面《ほそおもて》に鼻筋の通った美男である。

つまり彼らはごつい面構えの主《あるじ》と、揃って男前の従者たちということになる。

そこは八丁堀《はっちょうぼり》の北にある陣内の同心組屋敷で、付近には日本橋《にほんばし》、江戸橋《えどばし》、江戸橋広《ひろ》小路《こうじ》、南茅場町《みなみかやばちょう》が控え、極めて繁華だ。

左母次が飯を食らいながら口を切り、

「住吉町《すみよしちょう》の親分が旦那のためならと助っ人して下さるそうで、十人ばかり下っ引き衆を集めて見世《みせ》の周りを見張ってくれておりやす」

「そうかい、住吉町の爺さんがなあ、おいらがめえに助けてやったことをまだ憶えていてくれたんだ」

陣内が頬を弛《ゆる》ませて言う。

「義理堅えですからねえ、父っつぁんは」

「茶屋の亭主は何もんだ」

「呂兵衛《ろへえ》と申しやして、四十がらみの煮ても焼いても食えねえ野郎でさ。葭町《よしちょう》に見世を出して二年と少々なのに、おなじ町内に一軒構えて、芸者上がりの女と豪勢に暮らしておりやす」

「蔭間《かげま》でしこたま儲《もう》けたってわけだな」

沢庵をポリポリ齧《かじ》りながら陣内が言う。

「こたえられねえでしょう、蔭間は女郎より揚げ代が高えですから」

「呂兵衛の前身はなんだ」

「元は品川《しながわ》の博奕打《ばくちう》ちでした」

「ろくなもんじゃねえな」

「へえ、まともな奴は蔭間茶屋なんてやりやせんよ」

「蔭子《かげこ》は何人だ」

「十二人です」

「問題はそのうちの二人なんだ」

「さいで。二人は袖吉《そできち》と長次《ちょうじ》と申しやして、蔭間をやりながら押込みを働いていやがったんで。それも老夫婦の家とか病人のいる所とか、力のねえ弱えもんから銭を奪うんでさ」

「これまで盗んだ金高は」

「五十両ぐれえかと」

「許せねえな、打ち首獄門《ごくもん》だぜ」

池之介が飯のお代りに食らいつきながら、

「蔭間茶屋も近頃は客層が変わって、男に混ざって女客もちらほら来るそうなんですよ」

「どんな類《たぐい》の女だ」

「金の有り余った商家のお内儀とか、あるいは若後家さんとか。それが男日照《おとこひで》りでこっそり蔭間を買うんです。ヤらしいったらねえですよねえ」

「おれも働いてみようかな」

「あ、旦那じゃ無理ですよ」

池之介が困って言えば、左母次も吹いて、

「女たちが逃げ出しちまいやす。それに蔭間はもっと若くねえと」

「その前に顔が、左母次さん」

「そうそう、面構えが鬼瓦《おにがわら》じゃ蔭間は務まらねえや」

「うるせ馬鹿野郎」

陣内が苦笑混じりに怒ってみせ、頃合いを見計らって、

「それじゃビシッと引き締まってこうぜ、左母ちゃんに池ちゃんよ」

生玉子三個を笊《ざる》から取り出し、左母次と池之介に一個ずつ、竹串《たけぐし》と共に持たせた。

この当時玉子は高級品で、捕物の前の戦意高揚とでもいうのか、陣内はこういう儀式めいたことが好きなのである。

二人は竹串で玉子に穴を開け、中身を器用につるっと吸い上げた。

陣内もそれをやるが、力余って玉子は無残にぐちゃっと潰れてしまった。

「あら……」

二

葭町は里俗名《りぞくめい》では芳町ともいい、町の本名は堀江六軒町《ほりえろつけんちよう》で、葺屋町《ふきやちよう》南の新道にあった。

いつの頃からかそこいら一帯に男色専門の蔭間茶屋がはびこり、長い間に幾度となく手入れを食らっていた。しかしいくら追い払われても、何年かするとまた雨後の筍《たけのこ》の如《ごと》く、葭町界隈《かいわい》には淫靡《いんび》な花が咲き誇ることになっているのだ。

表向き料理茶屋のような体裁《ていさい》をとって看板を出している見世や、軒行燈《のきあんどん》のひとつもない真っ暗な見世もあり、なかに入ってみなければ伏魔殿《ふくまでん》のように実態はつかめない。そこがまたひそかに好事家《こうずか》を喜ばせるところで、尋常な遊びに飽きた通人《つうじん》がせっせと足を運ぶのである。

池之介が言ったように近頃では男色家ばかりでなく、商家内儀や若後家の女客が人目を忍んで出入りをし、蔭間に伽《とぎ》を命じる風潮が生まれていた。世も末と言うべきなのか。

めざすは路地奥にある「有明楼《ありあけろう》」で、もっともらしく軒行燈を灯し、紅殻格子《べんがらごうし》も粋《いき》な拵《こしら》えだ。なかから唄や音曲のさんざめきも聞こえている。

その家を遠くに見て、暗がりに陣内、左母次、池之介、そして十人の下っ引きをしたがえた住吉町の老岡っ引きが揃った。

時刻は暮れ六つ（午後六時）を過ぎたところで、どこの盛り場も書入《かきい》れ時である。

「野火の旦那、ご指図下せえ」

助っ人の老岡っ引きに言われ、陣内は引き締まった役人の顔になり、

「見世の裏手を池之介と五人が塞いでくれ。あとの八人は表から踏み込む。どんな客がいようが斟酌《しんしゃく》はいらねえ。足止めしてひと部屋に集めとけ。蔭子のうち、袖吉と長次ってのが押込みの下手人《げしゅにん》だから、ひっ捕えてお縄にする。逃げたら十手でぶっ叩いて構わねえ。ほかの蔭子も逃がすんじゃねえぞ」

「亭主の呂兵衛はどうしやす」

これは左母次だ。

「見つけたら袋叩きにしてふん縛っとけ。文句の言えた義理じゃねえんだからな」

それ行けと陣内が采配《さいはい》をふるい、全員が有明楼へ向かって散らばった。


突如踏み込まれ、有明楼は上を下への大騒ぎとなった。

蔭間や女客の悲鳴が上がり、逃げだそうとした男客は左母次や下っ引きらに襟首《えりくび》をつかまれて引き戻され、必死で抗《あらが》う別の男客は六尺棒《ろくしゃくぼう》で押さえ込まれた。金をつかませて逃がしてくれと頼む女客の頰を、住吉町の親分が容赦《ようしゃ》なく張り飛ばした。

そんな混乱のなか、陣内は雑魚《ざこ》の客は押しのけて突き進み、部屋から部屋を片っ端から開けて行った。誰もいない部屋に踏み込んで押入れを開けると、そこに坊主の客と蔭間が抱き合って隠れていた。蔭間に名を問い、押込みの二人のどちらでもないとわかると、隣室へ向かった。左母次らが入って来て二人を拘束《こうそく》する。

たとえ名を偽っても、陣内ほどの眼力を持ってすれば、犯科を犯す少年かどうかはすぐにわかるのだ。

さらに奥まった一室をパッと開けると、そこにいた客が陣内と顔を合わせて驚愕《きょうがく》し、烈しくうろたえて立ち上がった。その拍子《ひょうし》に酒の膳が派手な音を立ててひっくり返る。

二人が同時に「あっ」と言った。

客は陣内の上司、吟味方与力《ぎんみかたよりき》の母里主水《もりもんど》だったのだ。おしのびの装《よそお》いで、無紋《むもん》の羽《は》織《おり》に袴《はかま》をつけた姿だ。

陣内がとっさに障子を閉め切ると、なかから「違うのよ」と母里の叫ぶような声が聞こえた。

「……」

陣内は束《つか》の間《ま》で気持ちを整え、また障子を開けて、

「何が違うのでござるか」

「だからあたしは違うの」

母里は変人で、余人がいる時はきちっと与力の口調で喋《しゃべ》るのだが、陣内と二人だけの時はなぜかおかま言葉を使うのだ。年は四十過ぎで、長身ではあるが甚《はなは》だ頼りなく、目つきはぬめっとしていて、花びらのようなぽってりとした唇がやけに赤く、とてもいい男の部類に入るものではない。

「ではここで何をなされていたのでございますかな」

「それは言えないの。でも違うんだってば」

「蔭間を買いに来たのではないと」

「そうよ」

「お逃げ下さい」

「えっ」

「母里様がこのような所で網にかかったのではしゃれにもなりません。役所の体面もございます。ともかく逃げて下さい。事の真偽はともかく、なかったことにしますから」

「でもこれはね、あのね……」

「言い訳は聞く耳持ちません。四の五の申されている暇があったらお姿を消して下さい」

不快の籠《こ》もった陣内の口調に怖れをなし、母里はあたふたと両刀を差して頬被《ほっかむ》りをし、

「道案内をお願いしたいわ、だって岡っ引きどもに顔を見られちゃうじゃない」

陣内が苦々しい顔で舌打ちし、「ではこちらへ」と母里を案内した。

途中、廊下で左母次が二人に遭遇《そうぐう》し、

「こいつぁ驚いた、母里様、お出張りンなってたんですか。与力様が捕物に駆けつけて下すったとは、こんな結構はござんせんぜ」

「う、うむ、ちとおしのびでな、たまにはこういうこともしないとのう、うふふ……」

ひきつった笑みの母里の背を押し、陣内は喋らせないようにして、

「どうだ、袖吉と長次は見つからねえか」

「へえ、みんなで家中隈《くま》なく探しておりやすよ、どっかに隠れてるのかも知れやせんね」

「頼むぞ、逃がすんじゃねえぞ」

「へい」

「母里様、今日はもうよろしいでしょう。どうぞこちらへ」

「うむ」

左母次の目を気にしながら陣内は母里とその場を離れ、裏手へやって来た。そこは勝手場《かってば》で人の姿はなく、酒や料理の残り物の皿が山積みになっていた。

不意に母里が「あっ」となって、

「履物《はきもの》がないわよ、野火殿」

二人だけの時、母里は陣内を「野火殿」と呼ぶのだ。それが敬《うやま》っているのか馬鹿にしているのか、陣内にはわかりかねた。

「知りませんよ」

「そんな冷たい言い方ってないんじゃない」

恨めしい目の母里に、陣内が嘆息で、

「やむを得ませんな、今は取込み中ですので裸足《はだし》でお帰り下さい。後で探しておきます。さっ、早くお帰りを」

「わかった」

母里は足袋《たび》を脱いで表へ出ると、陣内へふり返って両手で拝んでおき、小石でも踏んだのか、「嫌っ、痛い」と言いながら立ち去った。

陣内はこんな所で母里と会った衝撃からまだ覚めやらず、

「なんだ、本当にあっちの人だったのかよ。ッたくもう、これからつき合い方変えねえといけねえな」

ぶつくさ言いながら家のなかへ踵《きびす》を返し、下っ引きたちに袖吉らが捕まったかどうかを尋ね歩き、逃げたらしいとわかると表から外へとび出して行った。

路地から路地を陣内が駆け抜けて行くと、前方の暗がりから左母次と池之介が現れた。二人とも尋常ならざる顔つきになっている。

「旦那、ちょっと来て下せえ」

左母次が言うのへ、陣内が「どうした」と聞く。

「お釈迦《しやか》ンなってやしたぜ、二人とも」

「なんだと」

陣内が血相変え、二人に導かれてさらに行くと、夜霧の立ち籠める親仁橋《おやじばし》へ出た。橋の袂《たもと》に若衆髷《わかしゆまげ》に紫色の小袖《こそで》を着た二人の少年、袖吉と長次が斬り裂かれ、絶命して倒れていた。月明りが辺り一面に飛び散った鮮血を照らしている。

陣内が死骸に屈んでざっと検屍《けんし》し、

「見世から逃げて来てここで何者かにぶった斬られた。道具は長脇差《ながどす》か刀だな、匕首《あいくち》じゃねえ。抵抗した様子はねえから、あっという間に斬られたんだろう。下手人はかなりの手練《てだれ》と見たぞ」

左母次と池之介は言葉もなく、慄然《りつぜん》とした顔を見合わせている。

「いってえ誰が……こんな日蔭の花殺したって得なんかねえだろうによ」

暗然とした声で、陣内がつぶやいた。

三

翌日の奉行所の与力詰所で、陣内と母里が気まずい雰囲気で対座していた。

詰所は十二帖あり、広縁の向こうに緑豊かな、風雅にして閑寂《かんじゃく》な庭園が広がっている。

言葉を選ぶようにしていた陣内が、オホンと咳払いをして切り出した。

「それがし、人様の好みに関しまして、いいの悪いのと差し出口を致すつもりは毛頭ございません」

母里は烈しく手をふって否定し、

「違うのよ、野火殿、誤解だってば」

「はっ？　誤解と申しますと……それがしがこの目で見たものは見誤りだったのですか」

「あ、いや、だからね」

「吟味方与力様ともあろう御方が、蔭間茶屋でお寛《くつろ》ぎになっておられました。蔭間が立ち去った後なのか、これから来るところだったのかは定かではございませんが、母里様はあそこでご身分を隠して無紋の羽織姿でチビチビと御酒《ごしゅ》を召し上がっていたのです。あれが誤解と申すなら、どのように解釈すればよろしいので」

「頼まれたのよ」

陣内が身を乗り出し、

「誰に？　何をでございますか」

「それは言えない。口が裂けても言えない」

母里が強硬に突っぱねる。

陣内は口をへの字にひん曲げる。

「わかって頂戴《ちょうだい》、あたしの苦しい立場」

身を揉んで母里が頼む。

「些《いささ》かわかりかねますな」

「野火殿」

「先ほども申しましたように、男が好きならそれはそれでよいのです。これはあくまで好みの問題ですので」

「そんな好みないわよ、あたしは尋常《じんじょう》な男なんだから。あんな所、嫌で嫌で虫酸《むしず》が走りっ放しだったわ。半刻（一時間）もいただけでヘドが出そうになったくらいよ。あたしは女の方が好きなの」

「しかしたまには男もよいなと」

「それは少しは……嘘よ、絶対に嫌よ、何言わせるの」

陣内が辛抱《しんぼう》強く、

「くどいようですが、誰にどんなことを頼まれたのですかな。それをお聞かせ頂かねば、それがしも納得できぬのですが」

「だから言えないって言ってるでしょ」

「それがしと母里様の関係において、それはないのではございませんか」

陣内が一歩も引かぬ気魄《きはく》で見据えると、母里は心を千々《ちぢ》に乱し、懊悩《おうのう》して、

「困ったわねえ……」

「こっちも困っております」

「うぬ、うぬぬっ……」

苛立つばかりの母里だ。

陣内は黙り込み、梃子《てこ》でも引かぬ気構えで腕組みする。

やがて母里が根負けして、

「……わかったわ。事情があって名前は明かせないんだけど、そのことは勘弁して貰うわよ。いいわね」

「……」

「実はある人に頼まれてさるご婦人があの蔭間茶屋へひそかに通っていることがわかって、それであたしがお諌《いさ》めしようとあそこへ行ったのよ。でもゆんべは来なかった

から、仕方なく帰ろうとしていたら野火殿が踏み込んで来たってわけなの。手入れのあることがわかってたらむろん行かなかったわ」

「ある人やさる人では話が通じませんな」

「ご身分のある御方《おかた》としか言えない。だから察して」

「無理です」

「野火殿」

「そのご婦人は蔭間狂いをしておられる。それは間違いないのですな」

「ええ、たぶん」

「ご婦人が贔屓《ひいき》にしている蔭間の名は」

「銀之丞《ぎんのじょう》よ。それはあたしが調べてわかったことなの」

「銀之丞……」

「それより野火殿、ゆんべ逃げた蔭間の二人が斬り殺されたって聞いたけど、本当なの。役所中その話でもちきりよ」

「殺された袖吉と長次は蔭間をやる一方で押込みを働き、それゆえひっ捕えんとしたのでございます」

「それじゃその二人のほかに仲間がいたってことね。そいつが口封じをしたんじゃない」

「今の段階ではなんとも言えませんな。これより詮議《せんぎ》に取りかかりますので。ご無礼を」

陣内がふところから昨夜の母里の雪駄《せった》を取り出し、それを黙って目の前に置き、慇《いん》懃《ぎん》に一礼して出て行った。

母里が慌てて雪駄を隠した。

四

有明楼で拘束された客は八人で、そのうち男は六人、女は二人であった。

左母次と池之介は朝から駆けずり廻り、客たちの住む各町内の自身番《じしんばん》に有明楼での顛末《てんまつ》を語り、それを聞いた町役人《ちょうやくにん》らが各家へ行って身内に主の拘束を伝えた。

やがて昼近くになると、南茅場町の大番屋《おおばんや》に身内衆があちこちから主の引き取りに現れ、彼らのために用意された一室は人で溢《あふ》れ返った。しかし世間体の悪いことなので誰も口を利かず、顔を合わせようともせず、皆がうつむいていた。

男六人の身分は坊主《ぼうず》、医者、儒者《じゅしゃ》の三人、あとはいずれも日本橋筋の商家の主や番頭である。

女二人は大店《おおだな》の内儀と若後家だったが、内儀の方は悪所通いがばれて恥じるどころか、自分の金で男娼を買ってどこが悪いと開き直る一幕もあった。亭主が五年前に卒《そっ》中《ちゅう》で倒れて寝たきりとなり、彼女一人で店を切り盛りしている状態だから、何かにつけて気負っているように感じられた。それでも大番屋にひと晩泊められ、こんな屈辱はないから、女たちはうちひしがれてはいた。

八人はいずれも身許がはっきりしていて、怪しい人物はいなかった。身内の一人がたまりかね、早く放免してくれないかと言ったが、左母次はそれをなだめて断った。

詮議はまだ終わっていないのだ。

詮議部屋では有明楼楼主呂兵衛と九人の蔭間、そして板前二人、遣手婆《やりてばば》一人が横一列に座らされ、陣内の詮議を受けていた。その後ろに池之介が控えている。

十二人いた蔭間のうち、袖吉と長次は斬殺され、母里の話に出てきた銀之丞というのは昨夜の手入れのどさくさで姿を消していた。

畢竟《ひっきょう》、詮議の的は銀之丞に絞られた。

「どんなおかまなんだ、銀之丞ってな」

陣内が正面から呂兵衛に問うた。

呂兵衛は袋叩きにされた馬面に幾つもの痣《あざ》をこさえ、すっかり意気阻喪《いきそそう》した様子で、

「へい、こうなったら包み隠さず申し上げやす」

「早く言えっちゅうの、馬鹿野郎。こっちは朝飯食ってねえからむしゃくしゃしてんだ、馬鹿野郎」

呂兵衛は陣内の喧嘩口調に怖れをなし、

「へ、へい、銀之丞の本当の名めえは、銀之丞と申しやす」

「てめえ、このおれをからかってんのか。銀之丞が銀之丞なら当たりめえじゃねえかよ」

「あ、へい、そうですね、何せ気が動転してまして」

「しっかりしろ、馬鹿野郎」

呂兵衛は胸に手をやって気を鎮め、

「銀之丞は見世にゃまだへえったばかりですが、若衆髷のよく似合う色男で、たちまち人気者になりやした。えーと、年は十八ってことでしたが、妙に落ち着いていやがるんで、もう少しくってるかも知れやせん」

「野郎客の引きが切らなかったんだな」

「殿方ばかりでなく、ご婦人客にも騒がれておりやした」

「住み込みなのか、銀之丞は」

「ほかの連中はみんな二階に住んでおりやすが、奴だけ通いでした」

「家はどこなんだ」

「さあ、どこでしょう」

「なんだと、おめえ、そんなんでよく茶屋の亭主が務まるな」

「い、いいえ、そうおっしゃられましても……銀之丞がハナっから通いにしてくれと言うもんですから。けど日暮れにゃきちんと来ておりやしたんで」

「へえったないつなんだ」

「二月《ふたつき》めえでさ」

「てことは春頃か」

「さいで」

「奴はどうやってへえった、誰かの引きでもあったのか」

「いいえ、ある日ふらっと現れて、使ってくれねえかと。それですぐに雇うことにしたんでさ」

「贔屓客の名めえを言いな」

「いえ、そいつぁちょっと……」

呂兵衛が困って口を濁《にご》す。

「ゆんべ捕めえたなかにいるか」

「そればかりは差し障りがあるんで、ご勘弁願えやせんか」

「また痛え目を見てえのか、てめえ」

陣内が拳《こぶし》を固めると、呂兵衛は慌てて、

「あ、いえ、言います言います。ゆんべ捕まったなかにゃ銀之丞の客はおりやせん。奴を特別贔屓にしていたのは、素性のまったくわからねえご婦人でした。その人はゆんべはお出《い》でじゃなかったんで」

「武家か、町人か」

「れっきとしたお武家様ですよ。上物のお召し物を着て気位の高そうな御方で、いつもお高祖頭巾《こそずきん》を被っているのでお顔立ちの方はよくわからねえんです。年の頃なら三十過ぎぐれえで、お鼻の高い、目許の涼しげな御方でござんした」

その婦人こそ、母里が見張っていた謎の武家女なのだと陣内は踏んだ。

呂兵衛が蔭間たちに視線を流して、

「銀之丞のあの客のことで、何か知ってる奴がいたらこちらの旦那にお話ししろ」

蔭間たちは見交わしてヒソヒソと囁《ささや》き合っていたが、年嵩《としかさ》が代表して、その武家女のことは銀之丞が秘密にして言わなかったから、よく知らないのだと明かす。

さらに年嵩は陣内へ向かい、

「旦那、銀之丞はちょっと変わった奴でございました」

「どう変わってんだ」

「あたしらとろくに口を利こうとしません。二月もいて、親しく喋った奴は一人もいないんです」

「おめえらとは交わらねえようにしていたってのか」

「そうみたいです」

「ほかに何かねえか、奴のことで。どんなことでもいいぜ。住んでる所は聞いてねえか」

年嵩は知らないと言って押し黙る。隠している様子はなかった。

行き詰まって、陣内は溜息をつき、

「銀之丞はともかく、袖吉と長次を斬ったな誰なのか、見当はつかねえか」

誰も答えようがないらしく、全員が沈黙した。

すると遣手婆のお杉《すぎ》というのがオズオズと口を切って、

「あのう、旦那、ちょっとばかりお耳に入れたいことが」

陣内はピンときて目を光らせ、

「なんだよ、早く言ってくれよ、どんなこったい、婆さん」

お杉がムッとして、

「あたしゃまだ婆さんじゃござんせん、七十前なんですからね。失礼は許しませんよ」

「ホホホ、そうか、すまねえ」

「あたしの知る限り、銀之丞は男客にも女客にも肌身を許しちゃおりませんね」

お杉が意外なことを言いだし、呂兵衛や蔭間たちが驚いてざわつく。

陣内はお杉に真顔を向けて、

「そりゃどういうこったい」

「銀之丞はどの客とも色めいた匂いがしないんです。そりゃ酒の相手や話し相手はしてましたけど、その場だけのことで、身を入れているとはとても思えませんでした。つまりごまかして蔭間をやっているようにあたしの目には映ったんです」

「武家女の方はどうなんだ」

「二人は色恋なんぞとはまったく遠くにいましたね」

「だったら女はなんのために通ってたんだ」

「二人はおたがいに秘密を持ってるようでした」

「どんな」

「女は来る度に銀之丞に何かを渡すんです。あたしが見たのは二度きりでしたけど、一度は巻物、二度目は書付けみたいなものを。障子の陰からこの目でそれを見たんです。随分と怪しいとは思いませんか、旦那」

「ふうん……で、どんな話をしていた」

「話し声の方はさっぱりでしたねえ、用心してたんでしょうよ」

陣内は暫《しば》し考え込んでいたが、

「よし、おめえらもう少しいて貰うからな。辛抱しろよ」

そう言って立ちかけると、一番年少の蔭間が進み出て、

「お、お役人様、銀之丞さんのことでひとつだけ……」

「なんだ、言ってみな」

「つまらないことかも知れませんけど、以前にあたくしがお客さんの愚痴《ぐち》を銀之丞さんにこぼしたんです」

「うむ、それで」

「取るに足りない愚痴だったんですが、銀之丞さんそれを聞いて、はんかくさいと言ったんですよ」

「はんかくさい？　なんでえ、そりゃ。どっかの国訛《くになま》りみてえだな」

「あたくしもそう思いました。でも意味がわからなくって。その時この人はどこの国の人だろうと思ったのを憶えています」

「はんかくせえ……」

陣内は凝然《ぎょうぜん》と空間を見やり、

「謎《なぞ》だらけだな、この一件」

低い声でつぶやいた。

五

奉行所の開門は朝の六つ（午前六時）で、閉門は夕の六つ（午後六時）と決まっているが、与力職の退庁時間はそれより早く、七つ（午後四時）頃である。

その日も他の与力たちと退庁して来た母里が、彼らと別れ、挟《はさ》み箱《ばこ》を担いだ従者の小者一人と八丁堀へ向かって歩きだした。同心の従者は岡っ引きだが、与力職ともなるとそういうれっきとした雑用係の小者がつくのである。

するとと柳の木の下からぬっと陣内が姿を現し、作り笑いを浮かべて頭を下げた。

悪い予感がして、母里の顔が強張《こわば》る。

「母里様、少しばかりご相談に乗って頂きたいことがございまして、おつき合い願えませんかな」

小者を気遣いながらも、陣内が否《いな》やを言わせぬドスの利いた声で言い、母里は弱みがあるからどぎまぎとして、

「あ、相わかった」

小者に先に帰るように言っておき、陣内と肩を並べて歩きだし、

「なんなのよ、話なら役所でしてよ」

「役所ではちと憚《はばか》られる話でございまして」

「でも、待ち伏せなんかしなくたっていいのに」

「お手間は取らせません」

数寄屋橋《すきやばし》御門を渡って西紺屋町《にしこんやちよう》の河岸《かし》沿いに二人して行き、陣内は比丘尼橋《びくにばし》の袂にある小体《こてい》な小料理屋へ母里を連れて行った。

先触れをしてあったらしく、店は客を入れず、頑固者《がんこもの》そうな亭主が二人を奥の小部屋へ通した。陣内の馴染《なじ》みの店のようだ。

陣内は母里と向き合うと、

「単刀直入に申します」

「そうして。奥方と娘が待ってるんだから。あたしは野火殿と違って健全な家庭持ちなんですからね」

陣内には妻と年頃の娘がいるが、今は離縁し、二人とも妻の実家に身を寄せていた。離縁のわけは陣内の家庭内暴力である。陣内としてはその問題に触れて貰いたくないところだ。

「謎の武家女の身分をお聞かせ願いたいのですが」

「だから、それは」

「女は銀之丞とは色恋の仲ではありませんでした」

「えっ、どういうこと」

「なんらかの秘密を、女は銀之丞に漏らしていたようなのです。それが巻物や書付けということですから、尋常ではございません。母里様はそのこと、ご存知でしたか」

陣内が探りを入れると、母里は狼狽《ろうばい》し、

「と、とんでもない、あたしはただ、ある人からさる女の蔭間通いを探ってくれと言われただけなのよ。巻物や書付けのことなんて知らないわ」

「またもや、ある人さる女でございますか」

「だからそのことは言えないって何度も」

「言って頂かなければ、お帰ししませんぞ」

陣内がぐっと母里を睨《にら》んだ。

「嫌だ、ちょっと野火殿、与力のあたしを脅すつもりなの」

「蔭間とはいえ、少年が二人も斬り殺されております。その下手人が銀之丞の可能性もあるのです」

「……」

「母里様、それがしにだけ明かして頂けませんか」

陣内のしつこさに音《ね》を上げ、母里は肩の力が抜け、泣きっ面に近い顔で溜息をついた。

（落ちたぞ）

陣内の頬にひそかにうす笑いが浮かぶ。

「ある人というのは、勘定吟味役《かんじょうぎんみやく》石黒隼人正《いしぐろはやとのしょう》殿のことなの」

「勘定吟味役……」

思わぬ役職名が躍り出て、陣内が表情を引き締めた。

勘定吟味役は今日の会計検査官にあたるお役で、勘定所全般の監査をする。幕府の行う土木工事に不正はないか、書類に誤りはないかと目を光らせ、さらに勘定所の人事にまで干渉《かんしょう》した。家禄百俵から三百俵ぐらいの旗本家から抜擢《ばってき》され、勘定所の目付《めつけ》的存在だけに重い役儀なのだ。老中直属の立場で、勘定奉行支配下でありながら、吟味役は奉行そのものをも監査した。定員は六人で、三人ずつが公事方《くじかた》と勝手方に分かれている。そして非違《ひい》あらば老中に具申《ぐしん》する権限があった。下僚に勘定吟味方改役、吟味方下役などを擁《よう》している。

石黒隼人正は勝手方だと母里が言う。つまり金銭出納《すいとう》に直《じか》に携《たずさ》わるお役だ。

「では武家女は何者なので？　名はなんと申されますか」

「信乃《しの》という名前だけは明かされてるんだけど、氏素性は何も知らないの。本当よ」

「石黒殿のご妻女ではないのですか」

「どうもそうじゃないみたいねえ。石黒殿のご妻女は二の丸留守居《るすい》の娘だから、蔭間茶屋なんかには行かないわよ。よしんば行くようなことがあったとしても、石黒殿が外部のあたしなんぞに探索を頼んだりしないでしょ。内々でやるはずよ」

「石黒殿になんと頼まれたのですか」

「信乃という女の素行を探って欲しい、奉行所与力ならお手のものだろうって言われて。そのうち石黒殿がいろいろ口を入れてきて、もし信乃殿が道に外れるようなことがあったら、諫めて貰っても構わないと」

「母里様と石黒殿のつながりは」

「半年ぐらい前だったかしら、芝の増上寺《ぞうじょうじ》でお能を観る会があって、南の与力衆がこぞって出掛けたの。そこに石黒殿も来ていて、うちのお奉行に引き合わされてすぐに意気が通じ合ってね、それから宴に招いたり招かれたりするうちに親しくなったの。石黒殿は偉ぶらない気さくな人だから、あたしも安心してつき合っているのよ」

「では信乃なる人は石黒殿のなんなんでしょうか。側女《そばめ》なのか、それとも……」

陣内が疑問を呈《てい》する。

「そこがわからないの。石黒殿もはっきりしたことは言わないし、お側近くにいる女であることは確かよね。それが蔭間風情に巻物や書付けを渡しているとなると、ちょっとキナ臭いじゃない。そのことを石黒殿が知ってるはずはないから、お役がお役だけにこれは只《ただ》ごっちゃないかも知んない」

「銀之丞についてはどんなことをご存知で」

「信乃殿が通ってる有明楼へ行って、客のふりして調べてるうちに相手が銀之丞だってことがわかったの。だからあたしは二人はてっきり惚《ほ》れ合ってる仲だと思っていたわ。チラッと見ただけだけど、銀之丞はそれは美しい男だったもの」

美しい男という母里の表現に、陣内は胸を悪くしながら、

「信乃殿は何度有明楼へ通いましたか」

「あたしの知る限りは二度ね」

「この件、石黒殿にはなんと報告しますか」

「何も言わないわよ。有明楼に奉行所の手入れが入ったなんて、余計なこと言ってもしょうがないでしょ。でも蔭間二人の人殺しがあったってことだけはそれとなく伝えとく。ああっ、それにしてもゆんべ信乃殿が有明楼へ来なくてよかった」

陣内がいきなり話題を変えて、

「母里様ははんかくさいという言葉をご存知ですか」

母里はキョトンとなって、

「えっ、歯が臭い？」

「いえ、はんかくさいです」

「何よ、それ」

「銀之丞が使ってた言葉なのです。恐らくどこかの国訛りかと思って調べてみましたら、いつも八丁堀界隈を流している二八蕎麦《にはちそば》の親父がそれを知っておりました」

「どんな意味なの」

「馬鹿みたいとか、馬鹿馬鹿しいという意味だそうで。これを使うのは陸奥（青森県）あたりの国の人たちではないかと。親父は北国《ほっこく》のいずこかの出でございました」

「ふうん、それが銀之丞を探す手掛かりになればいいわね」

そう言った後、母里を急に不安が襲って、

「ねっ、野火殿、信乃殿と銀之丞が何か悪巧《わるだく》みをしていたとして、それが発覚した場合、石黒殿に頼まれて動いていたあたしも罪に問われることになるのかしら。そんなことないでしょ」

「石黒殿が何も気づかぬうちに、信乃殿がお上の秘密なんぞを銀之丞に漏らしていたとするなら、石黒殿にお咎《とが》めなしとは参りますまい。それに連座して、石黒殿のために動いていた母里様の立場も難しいものに」

母里が仰天《ぎょうてん》して泡を食い、

「嫌よ、そんなの。冗談じゃないわ。あたしは何も悪いことはしてないのよ」

「事の黒白《こくびゃく》はともかく、役人というものはひとたび疑惑を向けられるともう生きてはゆけませんな。それでおしまいとなります」

陣内が平然として言う。

母里が叫ぶようにして、

「ひどい人ね、野火殿って。あたしの不幸を喜びたいんでしょ」

「いえいえ、そのようなことは決して」

うすら笑いを隠して陣内が言う。

「なんとかして、野火殿。あたしに火の粉が降りかからないように守って頂戴。お願い」

母里が三拝九拝《さんぱいきゅうはい》する。

「はっ、そのためには何かとお力添えを」

「わかった、なんでもするわよ。二人してこの危難を乗り越えないといけないものね」

二人の危難とは思っていないので、陣内は変な顔で頭だけ下げた。

六

初夏なのに、ジリジリとした日差しは真夏のような暑さだった。

日本橋南の通町《とおりちょう》界隈は江戸でも屈指の一等地で、一丁目から四丁目まであり、名だたる大店が陸続と軒を連ね、明るく華やかで活気に満ちている。往来の人も富裕層が多く、貧者などは滅多に見かけない。

そのはずが――。

見るからに貧しそうな若い娘が、人混みを力のない足取りで歩いていた。額にうっすら汗を掻いている。髷は崩れかけ、木綿《もめん》の古着はつぎはぎだらけで、履物も履いてなく、娘は素足なのである。手足はうす汚れ、化粧《けしょう》っけのない顔の色艶が悪く、やつれて病人のようにも見える。

しかも娘は赤子を背負い、片手に男の子の手を引いているから、若い母親なのである。

もう一方の手には、赤子の衣類らしきものを詰めた風呂敷包《ふろしきづつ》みを抱いている。男の子は四つ五つで太助《たすけ》といい、躰に合わなくなった襤褸《ぼろ》を着ている。赤子の方の性別はわからない。

すれ違うきれいな着物の人たちは、親子に触れたら汚れでもするかのように避けて通って行く。ここは貧者が来るような所ではないと、人々の非難の目は共通している。

「うっ」

不意に母親が小さな呻《うめ》き声を上げ、立っていられなくなってしゃがみ込んだ。

太助がびっくりして、「おっ母さん、どうしたの」と言って母親にすり寄り、背を撫《な》でさすった。赤子は眠ったままだ。

だが母親は口も利けないほどの深刻な状態らしく、顔を伏せて苦しげに喘《あえ》いでいる。

ここが浅草《あさくさ》や上野《うえの》なら、親切な人やお節介焼《せっかいや》きが大勢で助けに入るところだが、何せ土地柄が天下の一等地で下町ではないのだ。人だかりはすれど声を掛ける者はなく、関わりを面倒がって見ているだけである。

すると一軒の大店からご隠居《いんきょ》らしき老人が駆け出して来て、人を掻き分け、母親に屈み込んだ。

「これ、おまえさん。しっかりしなさい」

ご隠居が揺さぶると、母親は苦しい息の下から、

「店先でご迷惑をおかけしてすみません。大丈夫です、大したことはございませんので」

そう言って無理に立ちかけるが、くらっとよろめき倒れた。

大店は名代の乾物問屋《かんぶつどんや》の遠州屋《えんしゅうや》で、親子を助けた隠居は善兵衛《ぜんべえ》といった。

善兵衛は遠州（静岡県）から出て一代で店を築いた創始者だから、絶対権力者であり、家の離れの隠居所に誰にも断らずに親子を連れて来ると、母親に医者を呼び、太

助には握り飯を食わすやらして手厚く面倒をみてやった。

店を継いでいる伜《せがれ》が何事かと顔を出して、「またお父っつぁんは」と苦言を呈しかけたが、善兵衛に睨まれてすごすごと引き下がった。それからは誰も隠居所へ寄りつかなくなった。

医者の話では母親はどこも悪くなく、滋養《じよう》のつくものさえ食べさせれば大事あるまいと言った。つまり栄養不足だったのだ。

善兵衛はさもありなんと思い、母親を暫し休ませてやり、やがて生気が戻ってくると、町内の鰻屋《うなぎや》から割箸《わりばし》つきの鰻飯を取り寄せて母親にふるまった。鰻飯とは後の鰻《うな》丼《どん》のことで、割箸がつくのは特上なのだ。母親の横では赤子が目を覚ましていて、天井を見廻して何がおかしいのか笑っている。太助は庭先で遊びながら、時折心配そうな目を母親に注いでいる。

母親は鰻飯を食べる途中で、善兵衛の親切が身に沁《し》みると言い、しくしく泣きだした。

その様子を見て、善兵衛は自己満足の笑みになり、

「気にすることはないんだよ。あたしゃこうして善行を施すことを何よりの喜びにしているんだ。これまでも行き倒れの人や病人なんぞを何人も助けてきた。あたしがこ

こまで来られたのはお天道様と人様のお蔭だと思っているのさ」

「それはご奇特《きとく》なことで」

「まあいいじゃないか、困った時はおたがい様だよ」

「すみません」

泣き咽《むせ》ぶその姿に善兵衛も貰い泣きし、やがて母親に住まいや事情を尋ねた。

母親は春《はる》と名乗り、住まいは箱崎町《はこざきちょう》一丁目の弁天長屋《べんてんながや》だと明かす。

「お恥ずかしいんですけど……」

そう言ってお春が打ち明けたところによると、亭主は鳶職《とびしょく》だが博奕《ばくち》狂いの怠け者で、滅多に家に寄りつかず、遊び呆《ほう》けている。今日から子供に食わせるものがなくなったので、呉服町《ごふくちょう》に住む親類のおばさんの所へ金を借りに行くところなのだと言う。

「おばさんは何をしている人なんだね」

「後家ですんで、細々と賃仕事を」

「失礼だけどそれじゃ大して金はあるまい」

「へえ、まあ……」

「金はあるに越したことはないし、あれば有難いものだけど、人を狂わせる仇《かたき》でもあるんだよ。金が仇の世の中とはよく言ったものさね」

「でも子供たちにと思って……あたし、あまり躰が丈夫じゃないんですけど、なんとかここまでやって来たんです」

「行かなくていいんじゃないかな、呉服町には」

「えっ？」

困惑するお春の手に、善兵衛が小判を一枚握らせた。

「こ、こんなことされちゃ困ります。貰ういわれがありませんよ、旦那様」

お春が狼狽して金を返そうとすると、善兵衛はやんわりとそれを押し返し、

「いいから取っておきなさい。金は天下の廻りものなんだよ」

一人悦に入った様子で、

「着る物と履物を持ってきて上げよう。今のを脱いで、さっぱりとしてここを出て行ったらいい」

待っていなさいと言い、善兵衛は母屋《おもや》の方へ立ち去った。

するとお春はコロッと態度を豹変《ひょうへん》させ、赤子を手早く背負って括《くく》りつけ、太助に向かって、

「よっ、ズラかるよ」

そう言ったのである。

その表情は生き生きとして、餌《えさ》をくわえ込んだ山猫《やまねこ》のようであった。

七

お春は偽名で、本名はおぶんといい、善兵衛に告げた箱崎町一丁目の弁天長屋という住まいも真っ赤な嘘で、神田連雀町《かんだれんじゃくちょう》の帯解《おびとけ》長屋であった。

おぶんは赤子を背負い、太助の手を引いて長屋に帰って来ると、家へ入って背中の赤子を布団の上に寝かせ、太助には飴玉《あめだま》をしゃぶらせておき、みすぼらしい着物を脱ぎ捨てて粋な小袖に着替えた。

そして鏡台の前にぺたんと陣取ると、顔色を悪く見せるごまかしの化粧をごしごしと拭き取り、白粉《おしろい》を塗って紅を差し、化粧直しを始めた。

するとみるみるいい女の顔が、そこに出現したのである。

吊り上がり気味の、山猫に似たやや険《けん》のある目は勝気そうで、つんと尖《とが》った鼻はあくまで形よく、それでいてぽってりした厚めの唇は世の男心をくすぐるものがあった。

その面構えや、何をするにもてきぱきと手際のいい所作仕草は、一筋縄ではいかない女のように思えた。年の頃なら二十を出たばかりで、まだ若いのに腹の据わった感じもするのだ。躰が丈夫ではないと善兵衛には言ったが、それもまったくの偽りだった。

女所帯ながら六帖一間の家のなかは殺風景で、火鉢《ひばち》、飯櫃《めしびつ》、煙草盆《たばこぼん》、行燈《あんどん》、膳、衣桁《いこう》、衝立《ついたて》と、必要最小限の生活道具しか置いてない。酒徳利が二本並んでいる図はまるで男所帯のようだ。他に二帖の土間がつき、そこは竈《へっつい》で、流しの横に水桶《みずおけ》などが置いてあった。

おぶんが帰って来たのを聞きつけてか、カラコロと下駄《げた》の音をさせ、腰高障子を開けて所帯臭い女が入って来た。おなじ長屋の住人のお金《かね》だ。

「おっ母ぁ」

太助が喜色を浮かべてお金にとびついた。

「帰ったのかい。おまえは表へ行って遊んどいで」

お金は太助を外へ追いやると、座敷へ上がって赤子を抱き上げ、「泣かなかったかい」とおぶんに聞いた。

「うん、とってもいい子にしてたわよ。おむつも替えたのは一度きりだった」

「そうかい」

お金はおぶんの顔をぐいと覗き込み、

「どうだい、うまくいったかい、おぶんちゃん」

おぶんはにっこり笑って、

「うふふ、何もかもあたしの描《か》いた筋書通りに。遠州屋のご隠居さんはあんたが教えてくれたように馬鹿のつくくらいの善人でさ、あたしの作り話に貰い泣きしてくれたわ。それに鰻飯までふるまってくれたんで、あたしは気が引けてなんなかった」

「あんたの芝居にコロッと騙《だま》されたんだね」

「子供が二人もいる貧乏で哀れな母親に同情してくれたのよ。太助ちゃんは芝居がうまくて、あたしが道端にしゃがみ込んだら、おっ母さんどうしたのって真に迫った声出して、打ち合わせ通りに本当にうまくやってくれたの。将来は役者になれるかも知れないわよ、あの子」

「なってくれたらいいねえ」

快活に笑うお金はおぶんの共犯者なのである。

おぶんは帯の間から財布を抜き出し、なかから一分銀を取り出してお金に手渡す。

「ハイ、子供の借り賃」

「おや、すまないね。暮らしの足しにさして貰うよ。鳶の亭主がぐうたらだから苦労するんだよ」

おぶんが善兵衛に話した不実な亭主とは、お金の家庭の事情をそっくり拝借したものなのだ。

「おぶんちゃん、気をおつけ。八丁堀のいつものあいつが長屋の周りをうろついてたよ」

おぶんは束の間表情を曇らせ、

「あ、そう、わかった、気をつけるわ」

やがてお金が赤子を抱いて出て行き、おぶんはホッとして財布の中身を改めた。善兵衛のくれた一両が収まっている。他に二両ほどの小判も見える。

(今日はどこの賭場《とば》へ行こうかしら)

そう考えると、気持ちが浮き立ってきた。

景気づけに一杯ひっかけたくなってきて、下駄をつっかけて表へ出た。長屋の路地は人けもなく静かだが、お金の赤子が愚図《ぐず》る声が聞こえる。

おぶんは長屋の木戸門を抜け、須田町《すだちょう》の方へ向かって歩きだした。そこへ行くと馴染みの店が幾つかあるのだ。

と――。

雑踏を縫って行くおぶんの手が、いきなり後ろからつかまれた。

おぶんがキッと見返ると、そこに立っていたのは町方同心の辻川一十郎《つじかわいちじゅうろう》だった。お金が気をつけろと言った八丁堀のあいつとは、この男のことなのだ。

辻川は表情を強張らせるおぶんを否応なく引っ立て、路地へ引っ張り込んで行く。

おぶんは辻川の手を汚らわしそうに払いのけると、

「なんの御用ですか、昼日中《ひるひなか》から。あたしゃお咎めを受けるようなことはしてませんよ」

「半月めえのこった」

三十前半で、瘦《や》せてどす黒い肌に陰惨な目をした辻川が吐き捨てるような声で言う。

「半月前……」

おぶんの顔に微かに動揺が走る。

辻川は居丈高《いたけだか》になって、

「西両国《にしりようごく》に相模屋《さがみや》って下り酒問屋がある。そこに半月めえ、身装《みなり》の貧しい娘がひょっこり姿を現し、金はねえが冷や酒をいっぺえだけ飲ませてくれと頼み込んだ。思い詰めたようなその様子を見て、老夫婦は娘が大川《おおかわ》に身投げする覚悟だと思った。案の定事情を聞いてみると、悪い男にたぶらかされて品川の女郎屋に売り飛ばされ、そこから逃げ出して来たと言う。ふた親もとっくに死んじまって、もう身も世もねえから生きていたくねえとその娘は、いや、おめえはもっともらしくでっち上げの作り話をしやがった」

「な、なんの話やらあたしには……」

蚊《か》の鳴くようなおぶんの声だ。

「うるせえ、黙って聞け。情にほだされた老夫婦はおめえに自害を思い留まらせようと懸命に説得し、三両の金をくれたんだ」

「……」

「どうだ、その通りだろう」

「いえ、身に覚えが」

「惚《とぼ》けるな」

辻川がパシッとおぶんの頬を張った。

おぶんがよろけ、頬を押さえて辻川を睨みつける。

「おれぁな、おめえから目を離したことはねえんだ。どこで何をして、どれだけ人を騙してるか、人からぶん取るばかりのやらずのおぶんとはよく言ったもんだぜ」

「……」

「おめえが知らぬ存ぜぬと言い張るつもりなら、相模屋へ二人して行ってみるか。老夫婦はまだおめえの面《つら》を忘れちゃいめえ」

おぶんが「チッ」と舌打ちし、逃げかかった。

すかさず辻川がとびつき、おぶんに殴る蹴るの乱暴を働いた。髪をひっつかみ、突きのけて足蹴《あしげ》をくらわす。倒れて地べたを這《は》うおぶんを足で上向かせ、辻川はふところに手を突っ込んで財布をぶん取った。そして中身の三両を奪うと、空になった財布を投げ返し、

「このくれえで済んで感謝するんだな。おめえをひっ捕えねえのはおれの慈悲だと思え」

おぶんは這ったままで辻川を睨み上げ、

「おまえさん、このあたしからそうやって死ぬまで搾《しほ》り取るつもりなのかい。去年から数えてこれで三度目だ。あたしみたいな女の上前はねてどうするのさ。おまえさんが強請《ゆすり》のネタを探して町をほっつき歩いてるのはよく知ってるよ。何かっていうと役人風吹かせやがって、やってることはそこいらのごろつきと変わらないじゃないか。この悪徳役人」

「なんだと」

辻川が逆上し、おぶんの顔や躰をドスドスと蹴りまくった。

「ほざくな、騙《かた》り屋《や》の分際で。このおれ様を怒らすと島送りにしちまうぞ。いいのか、

それでも」

おぶんが血の滲《にじ》むほどに唇を嚙《か》む。

「莫連《ばくれん》のくせしやがってでけえ口叩くな。ほれ、もそっと悪銭《あぶくぜに》を稼いでこい」

吐き捨てるように言い、辻川はふところ手で肩で風を切って立ち去った。

おぶんは空の財布を手に立ち上がり、着物の汚れを腹立たしげにはたきながら、

「畜生、只じゃ済まないからね」

毒づき、切れた唇の血を拭って、

「許すもんか、あの野郎、かならず命乞いさせてやる」

復讐《ふくしゅう》を誓った。

八

勘定吟味役はまず清廉の士でなくては務まらないから、石黒隼人正の身辺調査をするうち、その四角四面の生活ぶりにさしもの陣内も音を上げてしまった。

石黒の起床は明け六つ（午前六時）で、五つ（午前八時）には数人の供をしたがえ、徒歩で登城して行く。拝領屋敷は神田《かんだ》小川町今川小路《おがわまちいまがわこうじ》なので、千代田《ちよだ》のお城は間もなくである。

今川小路の辻番《つじばん》の父っつぁんに話をつけ、泊めて貰って石黒の登城を見送った。しかし登城してしまえば、陣内の手は及ばない。

まさか勘定吟味役の石黒を見張るとは言えないから、辻番の父っつぁんにはその辺を曖昧《あいまい》にして、石黒家の中間《ちゅうげん》に不身持《ふみも》ちがいて、それを張り込んでいるのだと言っておいた。

武家奉公人の中間連中は酒や博奕が嵩《こう》じ、何かと悶着《もんちゃく》を起こすものと相場は決まっているので、父っつぁんはそれで納得した。中間はあくまで町人であり、町方の管轄なのだ。

下城は七つ（午後四時）で、石黒は道草もくわずに帰邸する。肩衣半袴《かたぎぬはんばかま》に威儀を正し、背筋をまっすぐ伸ばしてわき目もふらずに突き進んで行く。その姿は謹厳居士《きんげんこじ》を絵に描いた如くで、非の打ちどころがない。

陣内でさえ、頭の下がる思いがする。

母里は気さくな人柄と言ったが、陣内の目にはそうは映らない。石黒は融通の利かない石頭にしか見えないのだ。

四角四面の日常とおなじで、石黒の顔つきは武骨者そのものだから、つけ入る余地もなかった。石黒の年は三十の半ばほどだ。

勘定所全般に睨みを利かせ、勘定奉行そのものにも目を光らせるお役なだけに、石黒の四角四面ぶりもかくやと思われた。これでなくてはいけないのだと、陣内も納得だ。

帰邸すれば、夜陰に乗じて石黒が抜け出して来るなどということはなく、そのまま門扉《もんぴ》は閉じられたままで、翌朝まで開かない。

家族構成を調べたところでは、石黒は奥方と二人の息子に恵まれたということだが、彼らが姿を現すことは滅多になかった。

辻番の父っつぁんの話では、石黒は邸内に籠もって勝手方の書類を吟味しているのだという。下城の折、供が分厚い書類の束を風呂敷に詰めて持っている姿が目に浮かび、それで得心した。

石黒邸には入れないから、日がな一日辻番所のなかから表門を見張り、家人の出入りを見守った。

しかしうろんげな奉公人などいるはずもなく、家士も中間も女中も、皆実直そうに見える。特に目に留まるような輩《やから》もいない。謎の女である信乃の姿など、影も形もないのだ。それに出入りの魚屋や青物屋もさしたることはなく、どこにも問題はなかった。

三日間見張りつづけたが、それだけで石黒のすべてがわかったとはいえない。しかし陣内は遂《つい》に音を上げた。

(面白くもなんともねえじゃねえかよ)

なのである。

九

一方、左母次と池之介は髪結床を片っ端から当たっていた。

銀之丞が若衆髷だったことから、それを通常の町人髷に結い直すのはとても自分では無理なので、髪結床に頼むしかないはずだ。

どこかの髪結床を銀之丞が利用したと考えるのは順当で、それゆえ足を棒にしての聞き込みだった。髪結床さえわかれば、銀之丞の隠れ家も判明するのだ。

銀之丞が遠方に住み、有明楼に通っていたとは考え難いから、葭町を中心に日本橋の北から内神田界隈を、左母次と池之介は手分けして駆けずり廻った。といっても、髪結床は各町内にかならずあるから大変な数だった。

髪結床は「かみいどこ」と呼び、略して髪床、床屋、床とも言う。町内に店を構えているのを内床、路傍や橋の袂などに小屋掛けして営業するのを出床と言った。

多くの客が利用するのは内床で、広い土間に台つきの流しがあり、穴の開いた腰掛板に客が入口の方を向いて掛け、髪結職人は後ろに廻って髪を梳《す》く。

台箱と呼ばれる道具箱の上には剃刀《かみそり》、櫛《くし》、鬢付油《びんつけあぶら》、元結《もとゆい》などの用具が揃っている。月代《さかやき》を剃《そ》る時は客が毛受けと呼ばれる扇面状《せんめんじょう》の小板をみずから抱え持ち、剃り落とされる髪の毛を受けることになっている。

店の奥には順番待ちをする客のため、碁《ご》、将棋盤《しょうぎばん》、絵草子《えぞうし》類などが退屈をしないように置いてある。

髪結床は湯屋と共に庶民の社交場であり、人の噂などを囁き合う情報収集の場でもあったのだ。

難波町河岸《なにわちょうがし》に面した髪結床で、池之介が亭主に若衆髷の客は来なかったかと聞き込んでいると、暇を持て余した順番待ちの客が何人か集まって来て、「若え親分さん、なんの詮議なんだい」と聞いてきた。

ここは秘密にしないで公開してみようと思い、池之介は十日前の葭町の蔭間殺しの詮議だと打ち明けた。逃げている一人の蔭間が、髷の結い直しをしているはずで、それを追って髪結床を聞き廻っているのだと説明する。亭主も客たちも蔭間殺しは知っているから、一様に緊張の面持ちになった。

だが亭主を始め、誰もそんな客は見ていないと言い、一同が思案投げ首になった。

池之介が半ば諦めかけた時、瓦職《かわらしょく》の半纏《はんてん》を来た若い男が、

「ちょいと待てよ、罪を犯したような奴が髪床なんぞへ来るものかな」

と言った。

「てえと？　おめえさん、なんぞ思案でもあるんですかい」

池之介が思わず身を乗り出して言った。

「おれだったらよ、廻り髪結を頼むぜ」

「廻り髪結」

「ああ、それなら自分ンちへ来て貰って、誰にも見られねえで用が済むじゃねえか」

廻り髪結とは店を持たずに特定の客を相手にし、出張って仕事をする職人のことだ。

「恩に着るぜ、兄さん」

池之介は若い瓦職人に感謝し、勇躍してとび出した。

廻り髪結にはそれぞれ縄張があり、親方がいるから、葭町界隈のそれを探し出し、池之介はその家に駆け込んだ。

ところがそこにはすでに左母次がいて、親方から話を聞いているところだった。

「左母次さん、どうしてここに」

「おめえが考えるぐれえのことはこちとらお見通しよ。つかめたぜ、手掛かりが」

「ええっ」

ついて来なと左母次に言われ、池之介はその後にしたがった。

「彦二郎《ひこじろう》ってえ廻り髪結が、客の家に呼ばれて行って、若衆髷を結い直したと親方に言ってるんだ。それも十日めえだと言うから、ぴったり事件と重なるじゃねえか」

「彦二郎はどんな客だと言ってるんです」

「二十前後の色男だとよ。銀之丞に間違いねえだろう」

彦二郎の長屋は久松町《ひさまつちょう》で、左母次と池之介がやって来ると、丁度《ちょうど》彦二郎が油障子を開けて現れ、仕事に出掛けるところだった。

結髪用具を入れた道具箱を提げ、広袖の着物、盲縞《めくらじま》の腹掛《はらがけ》、股引《ももひき》、角帯、下駄履きという廻り髪結独特のいでたちだ。

「彦二郎さんだな」

左母次が言うと、中年の彦二郎は岡っ引きの姿に驚き、気弱に目を瞬いた。

「へい、なんぞ」

「十日めえ、若衆髷を町人髷に結い直した客がいたな」

「おりました。よく憶えております」

「そいつの家を教えてくんな。長屋の名めえは」

左母次が畳みかけると、彦二郎は困ったような顔になり、

「いえ、それが……長屋じゃねえんですよ」

左母次と池之介が怪訝《けげん》に見交わし合った。

十

左母次、池之介から報告を受けた陣内が、横抱きにしていた姫《ひめ》を思わず放り出した。

姫というのは、陣内の組屋敷にいつしか住みついた野良猫のことだ。三毛の気まぐれ娘である。

「出羽国《でわのくに》（山形県）の鶴岡藩《つるおかはん》だと？」

陣内が問い返すと、左母次がうなずいて、

「へえ、お屋敷は浅草左衛門河岸《さえもんがし》で、浅草橋を渡ってすぐン所でさ。銀之丞の住まいは藩邸のさむれえ長屋だそうで、廻り髪結の彦二郎はそこへ呼ばれて行って、若衆髷を町人髷に結い直したと言っておりやす」

「ふむ、出羽だったら確かに北国だわなあ」

そう言い、陣内は頭を抱えるようにして、

「けどよ、銀之丞がそんな大藩のさむれえなら、おいら町方は手も足も出ねえぜ。蔭間殺しの下手人として捕めえるのはとても無理だろ」

「今すぐは無理でも、証拠さえつかめば白日の下《もと》に引きずり出してやることが」

左母次が言って食い下がる。

「うむ、難しいなあ……」

陣内が腕組みして考え込み、

「それより事件の臍《へそ》とやらをつかもうじゃねえか。鶴岡藩のさむれえの銀之丞が、どうして有明楼で蔭間をやっていたか。信乃てえ女との密会場所に茶屋を選んだとして、その秘密ってのはいってえなんなのか……」

「そういうお武家の話ンなりやすと、あっしらにゃとんと……なあ、池よ」

「そうですね、見当もつきませんね。旦那、どんなことが考えられやすか」

「勘定吟味役ン所から持ち出す秘密なら、途方もねえものがあらあ。各藩に割り当てられる橋や街道の修繕、千代田のお城の石垣ひとつ直すンだって莫大な金が掛かるぜ。また寛永寺《かんえいじ》や増上寺の修繕も命じられると聞いたことがある。どこの藩もそれらのお役を逃れてえがため、情報収集に躍起《やっき》ンなってるんだ。つまり銀之丞てな、そういう情報を引き出す密偵みてえな役割なんじゃねえかな」

「その銀之丞がなんだって二人の蔭間を斬り殺したんでしょう。関わりはないと思うんですが」

池之介の疑問に、陣内が答えて、

「関わりはねえが行き掛かりの駄賃《だちん》みてえなもんかも知んねえ。押込みやった二人の蔭間のせいで、折角の有明楼での情報収集がパアになっちまったんだからな、腹も立つだろうぜ」

左母次が膝を進めて、

「それでどうしやす、これから。鶴岡藩を張り込みやすか、旦那」

「また張り込みかあ、おれぁもううんざりなんだよ。勘定吟味役の石黒殿はどこも怪しいとこがなくて、清廉潔白な人だった。信乃って女、どこ行ったら会えるのかなあ……」

そこで暗礁《あんしょう》に乗り上げた。

陣内がゴロリと横になり、肘《ひじ》を枕にしてそばにいた姫をひっくり返してからかう。

姫は白い腹を晒《さら》して背筋を伸ばし、喜んでいる。

「落語に出てくる与太郎《よたろう》はよ、暇にあかして猫の髭《ひげ》みんな抜いちまうんだ。おれもやってみよっかな」

姫の顎《あご》に手を掛ける陣内を、左母次と池之介が可哀相だと言って慌てて止める。

そこへ矍鑠《かくしゃく》とした老婆の声が聞こえた。

「ご免下さいましな」

池之介が立って玄関へ出て行き、やがて戻って来て、

「有明楼の遣手婆が来てますすよ。旦那にご注進してえことがあるそうで」

「ホイ、わかった」

陣内が姫を放って出て行った。すぐに左母次が姫を守るように抱え込む。

陣内が式台の前に現れると、遣手婆のお杉がその場に畏《かしこ》まった。

「よっ、婆さん、今日はなんでえ」

「あたしゃ婆さんじゃないと言ったはずですよ」

「あ、そうだった、ねえさん、どんなご注進だい」

お杉は陣内ににじり寄ると、

「旦那、昨日の昼過ぎに銀之丞を見かけたんですよ」

「どこでだ」

陣内が色めき立った。

「両国の吉川町《よしかわちょう》に扇屋《おうぎや》って出合茶屋《であいぢゃや》がありましてね、銀之丞はそこへ入ってってたんです」

出合茶屋とはわけあり男女の密会場所だ。

「若衆髷から町人髷になってましたから、初めは奴だとわからないで見過ごしちまいましたけど、待てよと思ってよくよく見たら、あのぞろっとした銀之丞だったんです。あたしゃ孫の着る物を買いに両国へ出て、あれこれ見繕《みつくろ》ってるとこでした」

「孫がいるのか、おめえ」

「へえ、十八ンなります。いい孫ですよ。倅は大工の小頭をやってまして、住まいは薬研堀新地《やげんぼりしんち》です。ところが倅の嫁とあたしが不仲なもんで一緒に住めず、それで有明楼にいるようなわけでして。その嫁があたしに――」

「まあまあ、その辺はいいからよ。銀之丞は扇屋って出合茶屋で誰と会っていた。そこまで見なかったか」

「いいえ、買物そっちのけで孫と二人でしっかり後をつけましたよ。銀之丞が茶屋へ入って暫くすると、例のお高祖頭巾の女が現れたんです」

「信乃だな」

陣内の声が鋭いものに変わった。

その時には左母次と池之介も奥から現れ、二人のやりとりを聞いている。

お杉がつづける。

「二人は四半刻（三十分）ほどして出て来ますと、右と左に別れて行きました」

「四半刻とは短けえな、あっという間じゃねえか。やはりねえさんが睨んだ通り二人は理無《わりな》い仲じゃねえのかも知れねえ」

それでどうしたと、陣内が話の先をうながした。

「銀之丞のことはともかく、あたしゃ前々からあの女のことが気になってましてね、いったいどこの何様なんだろうと思って後をつけたんです。孫にゃ銀之丞の方を追いかけさせました」

「そ、そこまでしてくれるたあ……婆さん、いや、ねえさん、よかったら上がらねえか。茶菓子ぐれえ出すぜ」

陣内が申し訳ない顔になり、急にお杉を下へも置かなくなった。

「いえいえ、あたしゃここで結構です。男所帯に上がり込んで間違いがあっちゃいけませんから」

陣内はお杉の皺《しわ》だらけの顔を拝んで、

「そりゃそうだ、ねえさん見てるとおいらムカムカ、じゃねえ、ムラムラしてくるもの。その先を早く聞かしてくれよ」

おちゃらけを言っても、陣内の目は笑っていない。

左母次たちも食い入るようにお杉に見入っている。

「まず孫の方から先に話しますね。銀之丞は浅草橋を渡って、左衛門河岸のお大名家のお屋敷へ入ってったと言うんです。えー、そのお屋敷の名前が……」

「いいよ、そいつぁわかってるんだ。出羽の鶴岡藩だろ」

「そう、それです。ご存知でしたか」

「ああ、こっちだってやるだけのことはやってんもん。けど女の方はわかんなかった。どこに消えた」

「湯島妻恋坂《ゆしまつまごいざか》の近くに、お武家屋敷がごちゃごちゃとひしめいています。そこのひとつにお高祖頭巾の女は入って行きました」

「誰の屋敷かな」

「近所で聞きましたら、お旗本の宮部《みやべ》という人の家だそうです。なんのお役をやってる人かまではあたしにはわかりません」

陣内がキラッと目を光らせ、

「よくぞそこまでやってくれたな、ねえさんよ。おいら心の底から感謝するぜ」

「実を言いますとあたしゃ旦那に惚れたんです。有明楼での聞き取りの仕方がよかった、見上げたお役人様だと」

「えっ、そうだったかな……」

「だからなんとかお役に立ちたいと思いましてね、ああっ、そんなに気にしないで下さいましな。一途《いちず》な女心でござんす。遣手婆の分際で出過ぎたことを」

「何を言うんだ、おれもな、実はねえさんに惚れてたの」

そう言うや、陣内がふところから財布を取り出し、一分銀二枚（一両の半分）をお杉につかませた。

「こ、こんなに頂いたら罰《ばち》が当たりますよ」

「いいのいいの、有難うな」

「それと旦那、あのう……」

お杉が何か言いたげに口籠もる。

「どうしたい、まだなんかあんの」

「旦那のご同役で辻川一十郎様って人、ご存知でしょうか」

陣内はとたんに表情を曇らせ、

「うん、知ってるよ、おいらとおなじ定廻り同心だ」

「その辻川の旦那も蔭間殺しを追ってるようなんです。それで有明楼にもよく来ていろんなことを根掘り葉掘り聞くんですよ。でもあの人は来るたんびに呂兵衛の旦那に金をせびって、うちだけじゃなくて周りの蔭間茶屋からも搾《しぼ》り取って、あそこいらの鼻つまみものなんです」

「こちとらとしちゃそういう話はあんまり聞きたかねえなあ。ねえさん、頼むから辻川殿のこた外に喋らねえでくれねえか」

「へえ、旦那がそうおっしゃるんなら承知しましたよ。でも辻川様に手柄を横取りされないで下さいましな」

「わかってる」

お杉が帰って行くと、陣内は左母次、池之介と活気に満ちた目を交わし合った。

「なんとまあ、棚ボタみてえな話だぜ。これでようやく霧が晴れてきたじゃねえか」

「早速宮部という屋敷のこと、調べてみやすよ。お役目なんざすぐにわかりやさ」

左母次が言うと、だが池之介はひっかかる表情で、

「旦那、辻川様のことはご存知だったんですか。あっしは前から耳にして、困ったお人だと思ってましたが。旦那に言えなくって」

「池、そのことはいいじゃねえか。旦那は何もかもわかっておいでなんだ」

左母次が辻川の話題を打ち切ろうとする。

「おいらも困ってるよ。行く先々で辻川殿の話を聞くもんな。なんとかしなくちゃいけねえとは思ってるんだけど……」

なぜか陣内の歯切れが悪い。

十一

宵《よい》の口《くち》の両国広小路は人で溢れていた。

どこかの小屋から笛《ふえ》や太鼓《たいこ》の音が聞こえるかと思えば、別の小屋では三味線《しゃみせん》の弾き語りをやっていて、それに混ざって怒鳴るような男の声や女の嬌声《きょうせい》が聞こえる。酒や煮物のいい匂いが人を誘い、女の色香も垣間《かいま》見え、猥雑な夜の巷《ちまた》の光景だ。

そんな雑踏を人を掻き分け、おぶんが必死の形相《ぎょうそう》で逃げていた。

その後をしゃかりきで、牙《きば》を剝《む》かんばかりにして追っているのは辻川一十郎だ。

おぶんは険のある目でチラッと辻川にふり返ると、誘うようにして暗い路地へとび込んだ。

そこは袋小路なので、辻川が獲物を追い詰めた目で悠然《ゆうぜん》と入って来た。

突き当たりにおぶんが、腕組みして突っ立っている。

「おぶん、とっとと稼ぎを寄こせ。さっきてめえが人の好さそうな按摩《あんま》を騙くらかして銭をせしめたのはわかってるんだ。すんなり銭を渡しゃ、目こぼししてやろうって言ってるんだぞ」

「何が目こぼしさ。おためごかしも大概におし。聞き飽きたのさ、その科白《せりふ》は。もううんざりなんだ」

おぶんが背後に視線を流すと、話に出てきた人の好さそうな按摩が姿を現した。さらにその後ろに命知らずのごろつきが三人、手ぐすねひいた様子で並び立った。ごろつきどもはおぶんに金で雇われたようで、頬被りをして面体を隠している。

中年の按摩は目明きで反体制の手合いらしく、辻川への反感を露骨に表して、

「辻川様、あたくしをお見忘れのようでございますな。今のお話にあった人の好さそうな按摩でございますが、去年おまえ様にちょっとした盗みの罪を着せられてひどい打擲《ちょうちゃく》を受けました。あれは無体でございましたなあ。本当にやっているのならともかく、あたくしは無実でございました。おまけにおまえ様に持ち金を根こそぎぶん取られて、飢え死にするところをこのおぶんさんに助けられたんです。今宵はそのご恩返しにと思いましてね」

辻川がふてぶてしい笑みになり、

「そうかい、このおれを嵌《は》めたってわけか。おぶん、こうなったら何がなんでもてめえを島送りにしてやるぜ」

「ふざけるなってのさ。さあ、お兄さん方、この悪徳役人を袋叩きにしておくれ。半殺しだって構やしないよ」

おぶんが下知《げち》を飛ばした。

ごろつきどもがドッと辻川に殺到した。

辻川がすばやく動いて男たちを殴打し、暴れまくった。だが喧嘩馴れしているごろつきどもは腕っぷしが強く、おぶんも助勢して辻川の横腹に蹴りを入れ、顔をぶん殴り、敵も味方も入り乱れた争いになった。やがて多勢に無勢で辻川の形勢が悪くなり、殴られつづけて鼻血を噴くところへ、さらにごろつきどもが群がった。

その時、路地の入口にジャリッと足音がして、黒い影が立った。それはふところ手の陣内で、皮肉な笑みを浮かべている。

「もうその辺でいい、やり過ぎると死んじまうぞ。殺すつもりはねえんだろ」

おぶんが慌てることなく、冷静な目で陣内を見た。手でごろつきどもを制している。

「おまえさんもこの男の仲間ですか」

「冗談じゃねえ、そいつと一緒にしねえでくんな。おいらは清く正しい役人なの。何もんなんだ、おねえちゃんは。えらく威勢がいいじゃねえか」

「フン、何が清く正しいのさ、どうせおなじ穴の狢《むじな》だろう。あたしを捕まえる気かい」

「いいや、今宵のところは勘弁してやる。どうやらこっちの方が分が悪そうだもんな。雲を霞《かすみ》と逃げちまいな」

「話がわかるね。折角だから仰せの通りにさして貰うよ。おまえさんの名前は」

「おねえちゃんに名乗ってどうすんだ。いいから行けっちゅうの」

「わかったよ」

おぶんが按摩とごろつきどもを引き連れ、路地からぞろぞろと出て行った。

陣内は倒れている辻川を抱え起こし、

「二十郎、てめえまだ強請たかりをやってんのか」

「放っといてくれ、あんたに話すことは何もねえ」

陣内の手をふり払い、辻川が行きかけた。

「そうはいくかよ、南のご番所の面汚しが。おれが説教してやっからちょっとつき合え」

「よせ、余計なお世話だ」

抗う辻川の片腕を、陣内が強い力でつかんだ。

十二

柳原土手《やなぎわらどて》に店を出した燗酒屋《かんざけや》の屋台で、陣内と辻川は明樽《あきだる》に腰掛け、向き合っていた。

屋台の親父には金をやって遠くへ行かせ、陣内は用意させた酒を辻川に注いで、

「おめえの倅、死んで何年だ」

ぼそりと言った。

辻川は答えず、唇の血を手拭いで拭いながら無言で酒を飲んでいる。

「確か死んだな十三ぐれえだったよな。やる気満々の子供でよ、かつてのおめえみてえないい同心になるつもりで、剣術の修行に打ち込んでやがった。よく憶えてるぜ。おいらに木剣持って向かって来たことがあったもん。惜しいよなあ、あいつがあのまま同心になってたらきっと手柄を立ててたろ。今頃は根性のある同心に成長してたかも知れねえ」

「……」

「それがおめえ、ガキの分際を忘れたあいつの勇み足がいけなかった。親父の代りに

大盗っ人を捕まえようと、火ンなかにとび込んじまった。それで鱠《なます》みてえに切り刻まれちまったんだ」

「……」

「その後がどうにもなあ……おめえは火達磨《ひだるま》みてえンなって、伜を殺した張本人を見つけだしておんなじ目に遭《あ》わせたんだ」

「武士が仇討《あだうち》をして何が悪い」

辻川が暗く屈折した声を漏らす。

「そのことでお奉行と衝突しておれは謹慎《きんしん》をくらった。与力衆も許しちゃくれなかった。おれは役所ンなかで孤立し、誰一人口を利いてくれなくなった。あんたは別だったがな」

「下手人は捕えるもんだからよ、殺しちまったらなんにもならねえやな」

「あんたに言われたくねえな。おれは知ってるんだぞ。許せぬ人でなしの息の根をあんたはこっそり止めてるそうじゃねえか」

陣内がにやっと不敵に笑い、

「そんなことしてませんよ」

「噂があるんだ、そういう」

「証拠なんかねえだろ。けど仮にそれが本当だとしたら、おいらも強請られんのかな」

辻川は鼻で嗤《わら》って、

「あんたを強請ったら夜道が怖ろしいだろうぜ」

「そりゃまあ、口封じをしねえとな」

辻川はまじまじと陣内を見て、

「あんた、やはり……」

「冗談だよ。それよりもうやめたらどうだ、弱い者いじめは」

「それがあんたの説教か」

「奥方も病気で寝込んでるんだろ。具合はどうなんだ」

辻川の妻は労咳《ろうがい》で何年も病臥《びょうが》していた。

「よくも悪くもねえさ」

「助からねえって聞いたぞ」

「……」

「際限なく金がいるんだろ、奥方の薬代で。だからって強請たかりはよくねえよ。そんなことしてっからかみさんの病気が治らねえんだ。ちゃんと見てるのよ、神様は」

「うるせえ、あんたに言われたくねえって言ってるだろう。おれがやってることは悪事じゃねえ。善良な市民を騙して泣かせてるような奴らをいたぶってるだけなんだ」

辻川が嘯《うそぶ》く。

「へへへ、その言い草にゃちょっとばかり無理があるね。おめえが今度強請をやったら承知しねえぞ。いいな、わかってんのか」

「……」

辻川は自棄《やけ》くそに酒をくらう。

「それよかおめえ、蔭間殺しを追ってるってな本当なのか」

「これでも定廻りだからな、殺しは追及しなくちゃなるめえ。あんたもやってるのか」

「ああ、まあそうだけどよ、気をつけた方がいい。この事件は奥が深そうなんだ」

「どうってことはねえ、おれがカタをつけてやる。もう目星はついてるんだ」

「目星？……ああ、そう」

陣内はその件にはそれ以上突っ込まず、

「ところでさっきの莫連女、何者なんだ。実を言うとああいうやたら気が強えの、おいらの好みなんだよ」

「やめとけ。あれはやらずのおぶんというどうしようもねえすれっからしだ。人を騙くらかしちゃ金をせしめてる悪婆《あくば》（悪女）なんだぞ」

「そうは見えねえけどなあ」

「野火さん、おれに説教してる暇があったらもう少し女の修行をしたらどうだ。見る目がねえんだ、あんたにゃ」

「言えてるね、それは。おいら惚れっぽいから」

「行くぞ。世話ンなったな」

「どう致しまして」

辻川が席を立ち、土手の方へ歩きだしながら、

「野火さん、あんたはいい人だ。この荒《すさ》んだ浮世にゃ珍しくいい人だな」

「タハッ、困っちまいますなあ。悪徳役人にそんなこと言われると」

「おきやがれ」

十三

有明楼の遣手婆お杉が突きとめた宮部という侍は宮部仙蔵《せんぞう》といい、その屋敷は湯島妻恋坂の中腹にあった。

宮部家は片番所つきの長屋門《ながやもん》の構えで、敷地は五百坪余、家《いえ》の子郎党《ころうとう》は家人を除いて十人前後だ。

宮部仙蔵のお役は勘定組頭《くみがしら》で、勘定奉行の属僚であり、定員は十二人、公事方、勝手方に分かれている。

宮部は勝手方で、幕府の金庫番だからあらゆる金銭の出納に関係している。三百俵取りでお役料が百俵つくという。つまり四百石の扶持《ふち》ということになる。

石黒隼人正も勝手方だから、宮部とどこかでつながるのか。おなじ幕臣でも勝手方のことになると陣内はとんと暗いので、頭を抱えてしまった。

それでも信乃という女が出入りしているのだから大いに怪しいし、宮部の正体を突きとめねばならない。

それで左母次と交替で、陣内は宮部家を見張ることにした。

池之介には出羽鶴岡藩の藩邸を見張らせていた。銀之丞と信乃の顔がわからないから、そっちには有明楼の助っ人を頼み、楼主呂兵衛やお杉に来て貰っている。

また妻恋坂の方には母里主水に頼み、可能な限り顔を出すように頼んでいる。信乃の首実検役《くびじっけんやく》だ。

妻恋坂は妻恋稲荷《いなり》の前にある坂で、そこからついた名称だが、付近には昌平坂学問《しょうへいざかがくもん》所《じょ》の聖堂《ひじりどう》や神田明神《かんだみょうじん》などもあり、日々往来の人で賑わっている。露店も多く出て華やかだ。

その露店に混ざり、左母次は風車売りに化けて宮部家を張っていた。

陣内は姿を現したり消えたりして、二つの見張り場所を掛け持ちしている。

宮部家が見える所に茶店があり、その日の陣内は昼過ぎから床几《しょうぎ》に掛けて甘酒を啜《すす》っていた。

そこへ編笠《あみがさ》を被った母里が現れ、陣内の横に掛けた。

「どう?」

母里が小声で陣内に聞く。

「中間、小者の出入りはありますが、信乃らしき女はまだ姿を見せておりません」

「あたしだってさ、信乃殿の頭巾《ずきん》の顔しか見てないから自信ないのよ。宮部家の家人はどうなってるの」

母里は声を押し殺し、依然としておかま口調だ。

「宮部殿に子はなく、ご妻女だけでございます。名は登女《とめ》殿と申され、所用で出て参ったところをお顔を拝見しました。小者が奥様と呼んでおりましたから間違いありません。しかしそれがしの勘ですと、登女殿が信乃殿とはよもや思えませんな」

「どうしてそう思うの」

「はっきり申して醜女《しこめ》でございますれば」

「ああ」

「母里様は信乃殿は美形のように申されました」

「そうよ、いい女なのよ、じゃ違うのね」

陣内はさり気なく母里の顔色を読んで、

「何か気になることでも？」

「えっ、わかるの？」

「長いおつき合いではございませんか」

「大変なことがわかったのよ」

「お話し下さい」

「宮部というのは養子先の名前だったの」

「では旧姓は」

「石黒仙蔵」

陣内がカッと目を開いた。

「そういうことは真っ先に言うべきではございませぬか」

陣内の強い口調に、母里が慌てる。

「ご免なさい、頭が混乱しちゃって」

「では石黒殿と宮部殿は兄弟ということなのですな」

「そうよ」

「どっちがどっちなのです」

「石黒殿が兄で宮部殿は弟なんだって。あたしだって武鑑《ぶかん》を調べるまでは知らなかったからさ、もうびっくり仰天よ。これって、どういうことなのかしら、野火殿」

母里は驚きだと言うが、当時の武家では養子縁組は格別珍しいことではなく、日常的に取り行われていた。

陣内はジッと考え込んでいたが、

「まずは兄弟仲について調べねばなりますまい。その上で信乃殿という存在がどういうものなのか、そこが肝要でございますな」

「あたしもそう思うわ」

そこへ左母次が血相変えて小走って来た。

左母次は母里へ会釈《えしやく》すると、

「旦那、お高祖頭巾が出て来やしたぜ。やっぱり屋敷ンなかにいたんですよ」

陣内がうなずいて表情を引き締め、母里をうながして床几から立ち、左母次と三人で葭簾《よしず》の陰に隠れた。

露店で賑わう人混みを縫って、お高祖頭巾で面体を隠し、背丈のすらっとした女がこっちへやって来た。

その涼しき目許、鼻梁《びりょう》高き面立ちを見た母里が小さく叫んだ。

「あれだ、あれなのだ、信乃殿とは。きれいな女であろう」

左母次の手前、言葉遣いを改める。

陣内が通り過ぎて行く信乃を睨んだ。

（とうとう尻尾《しっぽ》をつかんだぞ、もう放さねえからな）

執念の目を滾《たぎ》らせた。

第二章　頭巾の女

一

日の暮れを待って、銀之丞は出支度を始めた。

出羽鶴岡藩十七万石、江戸藩邸の侍長屋である。

鏡を覗き、町人髷《ちょうにんまげ》に櫛《くし》を入れて撫《な》でつけ、濃紫色《こむらさきいろ》の小袖《こそで》に着替える。細面《ほそおもて》のすっきりとした面立ちは申し分なく、偽装とはいえ有明楼で蔭間《かげま》が務まった所以《ゆえん》である。

実は銀之丞とはあくまで蔭間の時の偽名であり、彼の本名は岩井《いわい》銀四郎《ぎんしろう》という。身分は鶴岡藩横目付《よこめつけ》で、藩の利益のために陰にて奔走《ほんそう》し、画策するお役なのだ。

国表では馬廻り役の下級者だったが、数年前に藩が隣国と諍《いさか》いを起こした時、銀四郎は単身敵中に潜入して災いの元兇である人物を闇討し、一気に男を上げた。

銀四郎の働きにより、諍いは沈静化し、うやむやとなって事態は収束をみたのだ。

彼は天真伝一刀流《てんしんでんいっとうりゅう》の剣の使い手だった。

それから嶄然《ざんぜん》頭角を現し、国目付を経て横目付に取り立てられた。父親と長兄はまだ国表で馬廻り役を務めているが、末子の銀四郎だけが著しい出世を遂げたのである。

しかし確かに出世は遂げたが、江戸詰になるにあたり、銀四郎は父、兄と水盃《みずさかずき》を交わした。それは二度と国表には戻れぬ、という藩のために殉《じゅん》じる彼の決意だった。

油障子が開き、二人の武士が入って来た。

江戸家老榊原左近将監《さかきばらさこんしょうげん》、留守居《るすい》役《やく》川瀬《かわせ》典膳《てんぜん》だ。

銀四郎がサッと向き直り、着座する二人の前に平伏した。

「今宵《こよい》、大筋の金高がわかるのだな」

初老で髪に霜《しも》を頂いた榊原が単刀直入に言った。体格優れ、眼光鋭い男だ。

銀四郎が「はっ」と言葉少なに答える。

「銀四郎、油断をしてはならぬぞ」

痩《や》せて中年の川瀬が言い、

「それとなく調べたが、町方は追及の手を弛《ゆる》めてはおらぬようだ」

銀四郎は苦々しい表情になり、

「承知してございます。それがしが蔭間二人を手に掛けしこと、これほどまでに尾を引くとは思いのほかでございました。悔やんでおります」

榊原が微苦笑を浮かべ、なだめるように、

「気に病むでないぞ、銀四郎。蔭間二人が押込みなどせねば町方の手入れはなかった。隠《かく》れ蓑《みの》を潰され、それに腹を立てたその方が逃げる途次に奴らを斬り伏せしはやむを得ぬこと。蔭間二人など虫けらと思え」

「はっ、そう言って頂けると」

すると川瀬が杞《き》憂《ゆう》を表し、

「わしが案ずるは信乃という女のことだ。その方は信頼を寄せているようだが、当方としては疑いが捨てきれぬ」

「はっ、ご懸念はごもっともでございますが……」

以下の言葉を呑み、銀四郎は口を濁す。

「信乃にふた心はあるまいの」

銀四郎は無言でうなずく。

「ならばよい」

川瀬が言って、榊原を見た。

「銀四郎、では確《しか》と頼むぞ。なりゆきいかんによってはわが藩の浮沈にも関わるゆえ、事は重大なのだ。ひとえにその方の双肩《そうけん》にかかっていると思え」

榊原は念押ししておき、

「はっちゃきこくであるぞ、銀四郎」

　北国訛《ほっこくなま》りで言った。

　銀四郎はうすく笑い、

「ご家老、なんもさにございます」

　おなじ訛りで答えた。

　はっちゃきこくとは一生懸命にやれ、なんもさはどうということはないの意味である。

　すると最後に川瀬が言った。

「こっぺがえすなよ、よいな」

　それは失敗するなという意であった。

二

　藩邸の裏門は鬱蒼《うっそう》とした雑木林になっていて、池之介と有明楼の楼主呂兵衛は木々の奥に潜んでいた。辺りは静寂に包まれ、墓場にでもいるようだ。二人の足許には握り飯を包んであった竹皮や、茶を飲み干した竹筒などが捨ててある。

　呂兵衛はジリついた様子で、

「なあ、若え親分さんよ、おれぁそろそろ見世に戻らなくちゃならねえ。いつまでもこんな所に隠れてたって時の無駄ってもんだ」

「そう言わずにもう少し辛抱《しんぼう》してくれよ、呂兵衛さん。それにこの間手入れをくらったばかりで、まさか見世はやってねえよな。やってたとしたらちょっと問題だぜ」

池之介に言われて呂兵衛は少しうろたえ、

「い、いや、あれからずっとやってねえよ。灯を消しておとなしくしてるんだ。だから野火の旦那に妙なこと言わねえでくれ、頼むから」

両手を合わせて言った。

有明楼がこっそり商売を再開したことを、池之介は知っていた。しかしここは大目に見るしかあるまいと思っていた。

ギイッ。

裏門が軋《きし》んだ音を立て、開けられた。

池之介が呂兵衛を制して身を伏せる。

町人体で蔭間姿ではない岩井銀四郎がそっと現れ、土塀伝いに歩きだした。こっちには気づいていないようだ。

「呂兵衛さん、あの男を見てくれ」

呂兵衛が目を凝らして銀四郎に見入るや、

「ああっ、あいつが銀之丞だ。若衆髷《わかしゅまげ》じゃねえが奴に間違いねえ」

押し殺した声で言った。

「そうか、有難うよ、呂兵衛さん。もう見世にけえっていいぜ」

「それじゃ後をしっかりな」

池之介は銀四郎の尾行を始め、呂兵衛はホッと安堵《あんど》して闇の彼方《かなた》へ消え去った。

銀四郎は藩邸を出ると、上平右衛門町《かみへいえもんちょう》の裏通りを人目を忍ぶようにして行き、浅草橋を渡り、下柳原同朋町《しもやなぎわらどうぼうちょう》へ入った。

下柳原同朋町は神田川に沿った町で、お城坊主が多く住んでいるところからこの町名になったものだ。河岸沿いに三谷船《さんやぶね》の船宿が幾つか建ち並び、その一角を過ぎて路地へ入って行くと、広い石置場へ出る。

尾行の池之介は、それでなんとなく察しがついた。

下柳原同朋町の隣りは吉川町だから、銀之丞はまた出合茶屋の扇屋で信乃と待ち合わせをするつもりのようだ。

石置場は御上り場にもなっているが、ふだんは石工が大勢でやって来て、石を刻んで細工をしている。燈籠《とうろう》や墓石、石塔などを作っているのだ。

だが夜の今は人の姿はなく、月明りが冷たい石材群を照らしているだけである。

そこに立ち、池之介はたちまち緊張を強いられた。

銀四郎の姿が忽然《こつぜん》と消えたのである。

（くそっ、気づかれたのかよ）

焦って歩き廻った。

ヒュッ。

刃風が池之介の間近で鋭く走った。

とっさに飛び退く池之介の前に、匕首《あいくち》を構えた銀四郎が立った。

池之介は無言で銀四郎を睨《にら》み、十手を腰から抜いて突き出す。

「おいらに用かい、若え親分さん」

流暢《りゅうちょう》な町人言葉で銀四郎が言う。

「蔭間の銀之丞、おめえにゃ人殺しの嫌疑がかかっている。そんな物騒なものは引っ込めて神妙にしねえかい」

「そいつぁできねえ相談だな。どっからつけて来た。おいらの身分がわかってるのかい」

「ああ、おおよそはな。けどおめえが何者であろうが知ったこっちゃねえ。人を手に掛けたことに変わりはねえんだ。蔭間の袖吉と長次をなぜ殺した」

「その二人におめえをもう一人、つけ加えてやるぜ」

銀四郎が殺意を剝《む》き出しにし、すばやい動きで突進して来た。

その白刃を十手で叩き返し、池之介が応戦する。

だが防御するのが精一杯で、銀四郎にはつけいる隙がない。見えない戦陣を張りめぐらせ、無駄な動きをせず、銀四郎は着実に池之介に迫って来る。匕首と十手が火花を散らせて闘わされた。

（こいつぁできるな、スゲえ使い手だぜ）

たじろぐが、しかし池之介とて岡っ引きとしての武術は身につけていた。十手術も捕縛術《ほばくじゅつ》も教わって、おのれのものにしている。それに陣内の傘に入る前、池之介は町火消《まちびけ》しだったのだ。身軽に、敏捷《びんしょう》に動くことに関しては人後に落ちないつもりだ。

（こんな奴に負けてたまるかよ、やったろうじゃねえか）

おのれを鼓《こ》舞《ぶ》し、攻撃に打って出た。

十手を突き出したままで、解いた捕縄を片手で旋廻《せんかい》させ、ぐんぐん銀四郎に接近した。

今度は銀四郎が圧倒される番だ。

(こ奴、なかなかやるではないか。ここはひとまず……)

逃げを打つことにした。

兇暴に白刃を閃《ひらめ》かせておき、やおら身をひるがえした。

「あっ、待ちやがれ」

銀四郎の逃げ足は速く、池之介がしゃかりきで追って行く。

寝静まった吉川町へ入ったところで、追跡の池之介の前にいきなり黒い影が立ち塞がった。辻川一十郎だ。

池之介があっとなって踏み止まった。

数丁先に扇屋の軒燈《けんとう》の灯がぼんやり見えている。

辻川は池之介の十手を見ておき、

「てめえ、どこのもんだ」

「あっしは池之介と申します。野火様の手下でござんす」

「野火殿の？　見覚えのねえ面だな」

「そちらはご存知なくとも、あっしの方はよく知っておりやす。野火様のご同役の辻川様ですね」

「そうだ。銀之丞の詮議《せんぎ》はおれがやる。おめえはここまでだ」

「冗談じゃござんせんよ。ずっと張り込んでようやく奴を見つけたんです、ここで譲るわけには。こんなことをしてる間に逃げちまいやす、そこどいて下せえ」

「無用だ」

辻川が突然池之介の胸をド突いた。

不意をくらった池之介がよろける。

「引っ込んでろ」

捨《す》て科白《ぜりふ》を残し、辻川が立ち去った。

「畜生っ」

池之介が切歯《せっし》して辻川を追い、路地から路地を駆けめぐった。だがどこにも銀四郎と辻川の姿はなかった。物音も聞こえず、しんとしている。

「どこ行きやがった」

必死で探しまくる池之介の耳に、近くから男の呻《うめ》き声が聞こえた。ハッとなり、声のした方へ突っ走った。

大きな天水桶《てんすいおけ》の横に、血に染まった匕首を握りしめたおぶんが突っ立っていた。青い顔で身じろぎもしないでいる。

その足許に辻川が転がっていた。銀四郎の姿はない。

駆けつけた池之介が息を呑んだ。

おぶんは凝然《ぎょうぜん》と立ち尽くしたままだ。

そのおぶんが逃げないように視野に入れながら、池之介は辻川に駆け寄って首根に手をやった。すでにコト切れている。

池之介が立ち上がり、警戒の目でおぶんを見た。

おぶんは目を伏せたまま、衝撃に烈しく動揺している。だが逃げようとはしていない。

「どうして辻川様をやった」

「あたしじゃない」

おぶんが必死の形相《ぎょうそう》で言った。

「そうかい、だったらこいつぁはなんなんだい」

池之介がおぶんの手から血染めの匕首をぶん取った。

するとおぶんが蹌踉《そうろう》とした足取りで後ずさりを始めたので、池之介は腕をつかんでその身柄をしっかりと確保した。

池之介とおぶんの目が間近で絡み合った。

その時、肩を組み合った何人かの酔客がゆらゆらとやって来て、辻川の死骸を見て大仰《おおぎょう》な叫び声を上げた。

それで騒ぎは大きくなった。

三

出合茶屋扇屋の暗く細長い廊下を、銀四郎は女中の案内でやって来た。

女中は無言で一室を指し示し、銀四郎が入室して行くとさっさと立ち去った。こういう所の女中は余計な口は利かないものである。

銀四郎が部屋へ入ると、ジッと端座してもの思いに耽《ふけ》っていたお高祖頭巾《こそずきん》の信乃が、張り詰めた顔を上げた。

出合茶屋らしく、次の間には艶《なまめ》かしい閨《ねや》の支度がしてあった。だが二人はそんなものには目もくれない。

信乃は銀四郎の落ち着かぬ様子から、すぐに異変を感じ取ったらしく、

「何かございましたか、岩井殿」

小声で言った。

「些《いささ》か横槍《よこやり》が入りまして、思いがけないことに」

「どうしたのです」

「あなたに関わりなきゆえ、知らぬ方がよろしいかと。それよりお約束のものは」

「これにございます」

信乃が胸許に差し挟んだ袱紗《ふくさ》包《づつ》みの書状を取り出し、銀四郎がそれを手にして開封しようとした。

すると廊下を慌ただしい足音がして、

「近くで人が斬られたそうだよ」

女中が朋輩《ほうばい》に告げる声が聞こえた。

信乃が険しい目を向け、銀四郎はそれに深くうなずいて、

「やむを得なかったのです」

「……」

信乃が息を呑み、表情を硬直させた。

すると銀四郎が隣室の気配にすばやい視線を走らせた。尋常な男女客とは異なる違和感を感じたのだ。

銀四郎は信乃に身を寄せ、その耳許で囁き声で聞いた。

「隣りは」

信乃は知らぬと首を横にふる。

銀四郎は異常なほどの警戒心を見せ、さらに小声で、

「ここは引き払った方が」

信乃を誘って障子を開け、共に胸許に差し挟んだ履物《はきもの》を履き、縁から庭へ忍び出た。

こういうことには長《た》けているらしく、二人の動きは迷うことなく速い。

それとほぼ同時に隣室の唐紙《からかみ》がパッと開けられ、野火陣内と左母次が躍り込んで来た。

銀四郎と信乃は庭先から消え去るところだった。

「あっ、逃げやがったぞ」

陣内が叫び、左母次は庭へとび出した。その時には銀四郎と信乃は風をくらって逃げていて、「待ちやがれ」と左母次の怒声が聞こえた。

陣内はがっくりと見送り、

「なんだよ、ずっと隣りにいながらまるっきし間抜けじゃねえかよ」

陣内と左母次は信乃を尾行して扇屋まで来て、信乃のいる隣りの部屋で息をひそめ、銀四郎が来るのを待っていた。そこで二人を捕縛し、これまでの密謀《みつぼう》を聞きだすつもりでいたのだ。

陣内は急ぎ取って返し、廊下を玄関へ向かった。

人殺し騒ぎに女中たちがバタついている。

そこへ池之介が表から走って来た。

「旦那、辻川様が斬られましたよ」

陣内が色を変えた。

「息はあんのか」

「いえ、もうすでに……その場所で血染めの匕首を握りしめた女を捕まえたんで、大番屋へ送るよう自身番《じしんばん》に頼んでおきました。本人はぶんと名乗ってますけど」

「ぶん……やらずのおぶんだ」

「存知よりなんで？」

「辻川殿にさんざっぱらいたぶられて、仕返しをしてやろうとつけ廻してた女だ。おぶんはなんと言ってるんだ」

「自分はやってねえ、たまたま殺しに行き合わせただけだと」

「だろうな」

「えっ」

「ここで聞いていた話によると、どうやらやったな銀之丞みてえだぜ」

さらにそこへ左母次が駆けつけて来た。手拭いで両目を頻《しき》りにこすっている。

「おう、二人はどうしたい」

答えを急ぐ陣内に、左母次が告げた。

「あと一歩というところで女が目潰しをくらわせやがって。信じられねえですよ、信乃も銀之丞も霞《かすみ》のように消えちまいやした」

四

南茅場町の大番屋の一室で、陣内とおぶんは相対していた。

夜も更けて、時刻は四つ（午後十時）を告げたばかりだ。

罪人を取り調べるのは石畳の穿鑿所《せんさくじょ》と決まっており、通常は手鎖《てぐさり》、腰縄をつけるものだが、陣内の配慮でそれらは一切ない。したがっておぶんは罪人扱いではないということになる。

「おめえ、また今晩も辻川殿を追い廻してたのか。何をするつもりだった」

おぶんは押し黙り、つんと横を向く。

「よしなよしな、おねえちゃん。黙ってたって得なこたひとつもねえんだぞ。こっちも面倒臭えから、辻川殿をやった下手人《げしゅにん》はおめえということにして、おいらが上に報告すりゃそれで済むこった。そうなったらどうする。おめえはやってもいねえ罪をひっ被る羽目《はめ》になるんだ」

おぶんが真顔を向けて、

「野火様って言ったよね」

「うん」

「あたしの無実を信じてくれるの」

「人殺しをするようなタマじゃねえよ、おめえは。そんなこたおいらが一番わかってるんだ」

おぶんが口を尖《とが》らせ、

「あたしの何がわかるってのさ。会ったのはまだ二度目なんだよ」

「もっと早く会いたかったね」

にこにこする陣内を、おぶんは唇をひん曲げて突っぱね、

「何にやついてんの、はぐらかさないでよ」

「まっ、いいじゃねえか。おいらがおめえは下手人じゃねえと言ってるんだから。腹減ってねえか、なんか食うか、ここのうどんうめえんだぞ。鮨《すし》持ってこさせたっていいんだ」

「気持ち悪いこと言わないでよ。あたしは詮議を受けてる身なのよ。お客様じゃないの。あんまりやさしくされると変に勘繰《かんぐ》っちゃうわ」

「どんなふうに？」

「あたしをどうにかしようとかさ、いやらしい下心でもあるんだったら蹴っ飛ばすわよ」

陣内はケケケと楽しそうに笑い、

「いいねえいいねえ、その意気だよ、おねえちゃん。おめえみてえな娘っ子見ると、おいらもりもり元気が湧いてくるんだ」

「変な人」

「みんなそう言うね」

「しっかりやってよ、お取り調べ」

「だからさ、辻川殿に何をしようとしてたんだって聞いてるだろ」

「あの人、いつも両国界隈《かいわい》をうろついてるから、それで今晩も来てみたら案の定姿を見かけたんで後をつけたのさ。そうしながら考えたのは、色仕掛けをしてたらし込んで、向こうが乗り気になってきたところで騒ぎを起こして、大恥を掻《か》かしてやろうと思ったの。今までさんざっぱらあの男に強請《ゆす》られて、懲《こ》らしめてやらなくちゃ気が済まなかったのよ」

「強請られるようなことをしてきたんだろ、おめえ」

「そ、そりゃまあ……」

おぶんは都合の悪い顔になる。

「だったら悪いなどっちもどっちじゃねえかよ」

「あんな奴の肩を持つのかい」

「人にはそれぞれ事情ってもんがあんの」

「弱い者を強請るまっとうなわけでもあるってのかい。そんなものがあるんなら聞きたいわね」

「いいよ、辻川殿の事情なんかおめえに言ったってしょうがねえもの」

「ふンだ」

「それよかおめえ、辻川殿が殺されるとこ見たのか。たとえば誰かと揉み合っていたとかさ」

「それは見てない。でも逃げてく奴は目にしたよ。たぶんそいつがやったんだ」

「濃紫の小袖を着た若え男だろ」

「そうそう、顔は暗くて見えなかったけどそいつよ。でね、ヤバいから急いでその場から消えようとしたら、死にかかってた辻川の奴があたしの足首をつかんできたの。放さないんだ、あいつ。悔しそうにわけのわからないこと言ってた。揉み合ってるうちに、いつの間にかあたしがあいつの躰から匕首を抜いて握ってたのよ。そこへあの若い岡っ引きのお兄さんが来たって寸法なんだけど……」

そこでおぶんはゴクリと生唾を呑み込み、

「信じて貰えるかしら」

「うん、信じるぜ。おめえは下手人じゃねえよ。それにしてもおれと行き合わせてよかったな、ほかの役人だったらお釈迦《しゃか》だぜ」

「ついてたんだね、あたし」

「ほかにおいらに打ち明けるようなことはねえか」

「ほかにって？」

「辻川殿に関わることだよ。あの人の調べがどこまで行ってたか、それを知りてえんだ。ふところ探ったけど書付けみてえなものは何もなかった。ふつうはよ、同心てなこういう帳面を持ってるものなのさ。捕物控って言うんだけどな。忘れちゃいけねえからこいつに事件のことといろいろ書き留めとくんだ」

そう言って、陣内がふところから捕物控を取り出しておぶんに見せた。

おぶんはそれを手にし、関心のない目でパラパラめくって、

「ふうん、こんなものなかったわよ」

「そうかい、なら仕方ねえ。おめえはもうけえっていいぜ」

おぶんがパッと喜色して、

「放免してくれるの」

「捕まえとく理由がねえだろ」

「そうね、そりゃそうよ」

おぶんがすんなり席を立ち、だが障子の前でふり返って、

「あのさ、野火様」

「なんだ」

「あたしのやることとなんかない？　捕物のお手伝いしたいの」

「やめとけ、おめえなんぞにできるこっちゃねえ」

「すばしっこいんだよ、これでも」

「だろうな。けどおめえ如《ごと》きの力を借りるほどおいら落ちぶれてねえっちゅうの」

「あ、そう」

「さあ、とっとと行きな。それともおいらとそこらでいっぺえやってくか」

「やっぱり下心あるんじゃない」

「ねえよ、そんなもの」

「あたしを酔わせて口説《くど》こうってんでしょ。いい女だから」

「あのさ、そういうこと自分で言っちゃいけないよ。確かにおめえはいい女だけど、おいらに下心なんてねえの。こう見えても堅物の役人で通ってるんだから」

「どこが」

「こら、おぶん」

陣内が睨むと、おぶんはペロッと舌を出して、

「野火様ってどこまでが本当か嘘か、わかんない人ね。そういうのって、食えない人って言うのよ」

「あら、そうかしら」

「今日はお酒はやめにしとく。また今度ね」

「夜道気をつけなさい」

「うん」

おぶんが出て行っても、陣内はあらぬ空想に耽り、一人でにやついていた。

「しょうがねえな、まったく」

誰にともなく言った。

五

銀四郎が辻川から奪った捕物控を一枚ごとに引き裂き、火鉢《ひばち》の火で燃やしていた。

その煙が細く開けた障子から逃れて行く。

銀四郎の横から、留守居役川瀬典膳が覗き込んできて、

「何があった、申してみよ、銀四郎」

「はっ」

銀四郎は川瀬に暗い目をやり、

「吉川町へ向かう途次、同朋町で御用聞きに尾行されていることがわかり、夢中で逃げました。ところが逃げきったと思ったのも束《つか》の間《ま》、今度は町方同心が現れ、有明楼の蔭間殺しはおまえであろうと言い、みどもに脅しをかけて参ったのです」

「脅しだと？　その方を捕えるのが狙いではないのか」

「うす汚い不浄役人でございますよ。以前に何度か見かけたことのある男で、気にはなっておりました。それでみどものことを調べていたことがわかったのです。すると男は捕えられたくないのなら十両を用立てろと申すので、こっちも逆上してつっぱね、

押し問答をしているうちに男と揉み合い、つい刺し殺す羽目に」

川瀬は無言で聞いている。

「男を刺して逃げる折、ふところよりこの捕物控が覗いているのを目にし、もしやそこに何かが書かれてあってはならぬと、奪い取ったのです。危ないところでございました。控にみどもや当家の名が記されているとは思ってもおりませんでした。彼奴《きやつ》め、どこまで調べるつもりだったのか。今思えば背筋が寒うなる思いにございます」

川瀬が低く唸る。

「そういうことでまた殺生を重ねてしまったのです。申し訳ございません」

「いや、よい、気にするな。当家の秘密を嗅ぎつけて強請ろうなど、とんでもない話だ。今宵の不浄役人も、以前に仕留めた蔭間どもとなんら変わらぬではないか。益体《やくたい》もないそんな連中はクズ同然であろう」

捕物控は燃え尽きて灰となり、銀四郎が障子を閉め切り、二人は席へ戻って対座する。

川瀬はそこで改めて、銀四郎経由で手にした信乃《しの》からの書状に見入り、

「大筋が判明してひと安心じゃ。これならなんとか凌げる。よくやってくれたな、銀四郎」

「はっ」

「当家に災いが降りかかってはならぬ、これからも頼むぞ」

「それはむろんのことですが……」

銀四郎の頬に皮肉な笑みが浮かんだ。

「む？　どうした」

「お家の災いを祓《はら》うのは、いつもみどもの役目にございまするな」

川瀬も歪《ゆが》んだ笑みになり、

「そういう巡り合わせなのであろう。かつての国表での災いもその方が祓ってくれた。ゆえに殿よりお褒《ほ》めのお言葉を賜《たまわ》ったではないか」

「それればかりか過分に取り立てて頂き、身に余る喜びにございます」

「うむ、それでよい」

「されど、川瀬様……」

銀四郎の表情に翳《かげ》りが差し、言い淀《よど》む。

「どうした」

「不浄役人を抹殺《まっさつ》するところを、不覚にも見られてしまいました」

「何者だ、それは」

「取るに足らぬ莫連女《ばくれんおんな》にございます」

「素性はわかっているのか」

「これより調べるつもりでございます。女は今は大番屋に捕えられておりまして、詮議を受けてどうなりますか。不浄役人を手に掛けし罪を被《かぶ》ってくれればよいのですが」

「そうならぬ場合はどうする」

銀四郎はうすく笑って、

「災いを取り除くのが、それがしのお役にございますれば」

「早急に決着をつけい」

「はっ、確と」

川瀬が侍長屋から出て行き、銀四郎は一人になると片隅から徳利を引き寄せ、それに直に口をつけてごくりと酒を飲み、

「災厄のお祓い役か、おれは……どうせそんなところよ」

自虐的《じぎゃくてき》な声でつぶやいた。

六

卜念《ぼくねん》は腕のいい灸据師《きゅうすえし》だが、店を持たずに相手方の家に呼ばれ、そこで灸治療を施すことにしている。

灸は艾《もぐさ》を灸点に置いてこれに火をつけ、その熱の刺激により、患部を治す漢方療法のひとつである。

卜念は最初は医者にあこがれていたが果たせず、次に針立師《はりたてし》をめざすも、鍼《はり》治療は按摩《あんま》の縄張だから彼らの妨害に遭《あ》い、それらを断念して灸据師になったものだ。

持ち前の勘のよさが灸据に適し、そこから人生の花が開いた。今では順番待ちの患者が引きも切らないという。

卜念は初老の吝嗇家《りんしょくか》で、身装《みなり》はあこがれの医者よろしく、茶筅髷《ちゃせんまげ》に十徳《じっとく》を着て、薬箱のようなものに灸の道具を入れて世間を闊歩《かっぽ》している。自分ではすっかり医者のつもりなのである。長屋住まいではなく、内神田界隈に立派な家を持っていた。

湯島妻恋坂の旗本宮部家も得意先のひとつで、その日の昼下り、卜念は灸据を終えて表門から出て来た。

妻恋坂は今日も人の往来が盛んだ。

坂を下って来たところで、風車売り姿の左母次が卜念の前に立った。

「灸名人の卜念さんですね」

左母次に言われ、卜念は少し警戒の色になるものの、名人と呼ばれて誇りをくすぐられたのか、

「誰だね、おまえさんは」

穏やかな表情で言った。

「今すぐ、灸を据えて貰いてえ人がいるんですがねえ」

「ああ、駄目だ、割り込みはいけないよ。この後約束してる人が大勢いるんだから」

「そこをなんとか、お願いしますよ」

左母次が笑顔を崩さず、さり気なくふところの十手を見せた。

卜念の顔が強張《こわば》る。

陣内はお上御用という名目で、茶店の奥の小部屋を借り、そこで待っていた。妻恋坂の坂下である。

そこへ左母次が卜念を伴って入って来た。

宮部家出入りの者を探るうち、二人は灸据師の卜念に目をつけたのだ。

「あ、すまねえな、忙しいところをよ」

陣内が言うと、卜念は仏頂面《ぶっちょうづら》でその前に座り、

「何をお知りになりたいんですね」

左母次の強引さに立腹したらしく、やや不機嫌な声で言った。

「宮部家の様子を聞きてえんだよ、名人」

「名人の安売りはよして下さい」

つっけんどんな卜念に陣内は苦笑いし、

「あそこの屋敷に信乃って女、いるよな」

「……」

「なあ、教えてくれよ、名人」

「これでも客商売ですからね、みだりにお得意様の内情は喋《しゃべ》れませんよ」

「療治は誰のをやってんだい」

「奥方の登女様です。もう一年以上通っております」

「あ、そう。で、信乃さんなんだけど」

「困りますよ、お役人様」

陣内は財布から二分銀を取り出し、

「こっちだって困ってるんだよ、力添えしてくれねえかなあ」

言いながら卜念に握らせた。

卜念は渋々といった様子でそれを収め、だが元より金が好きだからたちまち相好を崩して、

「お屋敷が広いので信乃様とは滅多に顔を合わしません。あたしらと話をするようなこともまずありませんね。それにあの人は……」

言い淀む卜念を、陣内が覗き込んで、

「どうしたい」

「いつもいつも頭巾を被っておりましてな、まともにお顔を拝んだことがないんですよ」

「ふうん、まともにねえ……」

陣内がつぶやくように言い、

「信乃殿はどういう立場で宮部家にいるのかな」

「さあ、よくは……でも殿様も奥方様も信乃様には大層お気を遣っておられるようで……実は一度奥方様の口からあることを聞かされました」

陣内が身を乗り出し、

「どんなこったい」

「はて、言っていいものかどうか……」

「言ってくれよ、名人なんだから」

陣内にせがまれ、卜念は迷いを断って、

「あそこには奥に寝たきりのお年寄がおられます。お会いしたことはありませんが、どうやら殿様のお父君のようで」

養家の主《あるじ》、つまり宮部仙蔵の義父であろうと、陣内はすぐにピンときた。宮部家の養子縁組の件など、卜念は知る由もないはずだった。

「その年寄がどうしたい」

「どうもそのう、信乃様は以前お父君の側室だった人のようで、それだけに奥方様はないがしろにはできないという言い方をなされておりました。信乃様の方も肩身が狭いのでしょうが、行き場もないままお屋敷にいるような。とてももの静かな人なんですよ」

（信乃は妾《めかけ》だったのかよ）

陣内はそう思い、しかしその妾が何ゆえ鶴岡藩と接触しているのか、謎《なぞ》はさらに深まった。

卜念が去った後、陣内と左母次は額を寄せ合った。

「どう思う、左母ちゃん」

「旦那、陰謀の臭いがプンプンするじゃねえですか。こいつはもう、町方の縄張を飛び越してますぜ」

「あのさ、おいらよくよく考えたんだけど、この事件はなんでここまで追いかけたくなるのかね。元々は押込みやった蔭間二人が殺されただけだろ。けどその下手人が蔭間を偽ってて、正体が大名家のさむれえだった。そこが問題なのかなあ」

「蔭間殺しはどうでもよくなってきたんですよ。今あっしらが気になってるのは銀之丞と信乃の謀《はかりごと》です。けどどうやらこいつぁ、あっしらが首を突っ込んじゃいけねえことなんでさ」

「そうなんだよ、困ったねえ、手を引くか、左母ちゃん」

「本心で言ってるんですか」

陣内が不敵に笑い、

「ンなわけねえだろ、ここまで来たらどんぶらこっこよ」

「なんですか、そりゃ」

「船を漕《こ》ぎだしたら止まらねえってこと」

「そうこなくっちゃ旦那じゃねえや。差し当たってどうしやす」

陣内が茫洋《ぼうよう》とした顔で考え込み、

「なんかいい策はねえかなあ」

「さあて……」

左母次も思案投げ首になった。

七

池之介の住居は、日本橋本材木町《ほんざいもくちょう》一丁目の荒神《こうじん》長屋である。そこを出て海賊橋《かいぞくばし》を渡れば、陣内のいる八丁堀組屋敷はすぐだ。

張り込みや尾行の連続で、日がな一日捕物に駆けずり廻っているから、池之介が長屋に戻ることは滅多になく、それは左母次もおなじである。飲み食いのほとんどは出先か、あるいは陣内の所で済ませてしまうからだ。それでもたまにひょっこり間が空いて、行く所がなければ長屋へ戻って来る。

その日はそういうことになり、池之介は長屋へ帰って来た。

するといい匂いが漂っていて、どこの家かと鼻を利かせると、なんとそれは自分の所なので池之介は驚きの顔になった。

勝手に家に上がり込んで、煮炊《にた》きをするような人はいないはずなのだ。

油障子を開け、池之介はさらにびっくりした。

おぶんが襷掛《たすきが》け姿で、台所で飯を炊き、味噌汁《みそしる》を作っているではないか。

「お、おめえ……人の家で何やってるんだ」

おぶんはにこりともせず、つんとした顔で池之介を見ると、

「見ればわかるでしょ」

「頼んでねえぞ、飯なんて」

「わかってるわよ、押しかけだもの」

「だから、どうして」

「話があるの」

「どんな」

「ともかく飯を食おうよ」

「おれとおめえはそんな仲じゃねえだろう」

「少し落ち着きなさいな」

「落ち着いてるよ」

話している間にも、おぶんはてきぱきと動き廻り、座敷へ上がったり下りたりして、

二人分の膳に飯の支度を整えた。うまそうな真鯛《まだい》の煮つけが載っている。

「さあ、座って」

先に着座したおぶんが、前の席を指した。

池之介は手玉に取られているような気分だったが、それでも戸惑いながらおぶんに向き合って座った。

「おいしいわよ、池之介さん」

「うるせえんだよ」

渋々箸《はし》を取り、ひと口味噌汁を啜《すす》って、池之介は見る間に態度を一変させ、表情を綻《ほころ》ばせた。

「やるじゃねえか、おめえ」

「あたし、料理の才覚があるの」

次いで池之介は湯気の立った銀舎利《ぎんしゃり》を頬張《ほおば》り、煮魚に箸をつけて、

「飯の炊き具合も文句ねえぜ。この魚はどうしたんだ」

「買って来たのよ、魚屋さんで。あたしがいい女だからご亭主が安くしてくれたわ。得よね、別嬪《べっぴん》に生まれると」

「ケヘッ、てめえで言ってりゃ世話ねえや」

「いいおかみさんになれるでしょ、あたし」

ドキッとして、池之介の箸を持つ手が止まった。

「そ、そういうつもりなのか。おれにひと目惚《ぼ》れしたってか」

おぶんはクスクス笑って、

「まさかあ、そんな気さらさらないから安心して。あたしが惚れるにはあんた若過ぎる」

「じゃ、なんで」

「だから折入って話が」

「とっとと言えよ」

「ご飯をちゃんと食べてから」

「くわっ、仕切ってやがる」

池之介が飯をかっこんだ。

おぶんは悠然《ゆうぜん》と、静かに食べている。

その姿を池之介は繁々《しげしげ》と見て、

「おめえ、何もんだ。ふた親はどうした、兄弟はいるのか」

「岡っ引きの習い性なのね、そうやって人のことほじくるの。あんまり感心しないわよ」

「言えねえってか」

「自分の素性、人に喋ったこと一度もない」

「明かせねえわけがあるんだ」

「ああ、おいしかった」

茶碗を片づけ、おぶんが湯呑みに茶を淹《い》れる。

「あんた、まだ若いから無理かも知れないけど、惚れた女はいないの。ずっと一人暮らしをしてるわけ？」

「大きなお世話だ。おめえこそ岡っ引きでもねえのに人のことほじくってんじゃねえか」

「いい男だもの、きっといるわよねえ」

「食ったらけえってくれねえか、おめえの暇潰《ひまつぶ》しにつき合ってるほどこちとら退屈な身分じゃねえんだ」

「話は捕物のことよ」

「あん？」

「手伝いたいの、野火様を」

「なんで」

「あの旦那に痺《しび》れたのね」

「痺れた？」

「うん」

「旦那のどこに」

「口が悪くて横柄でさ、人を小馬鹿にしたようなところがあって鼻持ちならないじゃない、あの人」

「それは違うんだよ」

「うん、あたしも話してるうちに違うってわかってきた」

「鼻持ちならねえとこに痺れたってのか」

「あんなお役人いなかった」

「それで」

「助けて上げたいのよ」

「旦那はおめえなんか必要としてねえ、それはおれももう一人の相棒もおんなじだ。そういう話なら聞く耳持たねえぜ。けえんな」

「野火様にもそう言われた」

「だったら」

「やると決めたのよ、あたし」

「おめえ、なんでそんなに物好きなんだ。気が知れねえな。捕物ってなおっかねえ仕事なんだぞ。時と場合によっちゃ命を危険に晒《さら》すこともあるんだ。わかってんのか、わかってねえだろう」

「だから当面は秘密でやる、あんたと二人でね。手柄を立てたら野火様に褒めて貰うの」

「おめえとなんか一緒にやる気はねえな」

「そんなこと言うと色仕掛けをするわよ」

池之介が身を守るようにして後ずさり、

「よせよ、それだけは。おめえとそんなことになりたくねえよ」

「どうして」

「どうしてもだ」

「嫌い？　あたしみたいな女」

「いいから、煙みてえにパッと消えてくれ」

おぶんが吹き出し、コロコロと笑った。

「何がおかしい」

「嘘よ、色仕掛けなんかするわけないじゃない。こう見えてもあたしはまだ男を知らないのよ」

池之介が目を剝いて、

「そいつぁ信じられねえな。生娘が騙《かた》りなんぞやるものか。おめえの罪科《つみとが》を調べたら二度も敲《たた》きの刑をくらってるじゃねえか。海千山千なんだろうが」

「それが違うのよ、本当は純な乙女なの」

「この大嘘つきめ」

池之介が嚙《か》みつくと、おぶんは膨《ふく》れっ面《つら》になって、

「じゃいい、もう頼まない。自分一人でやるわ」

「何をやるってんだ」

「今度の蔭間殺しよ。その裏にはいろいろとわけのわかんないものがあって、野火様は毎日頭を悩ませている。そのお姿を見てるとあたしの胸がズッキンと痛むのね」

「おめえ、事件のこと誰から聞いた」

「そんなもの、自身番の父っつぁんにすり寄ってけばすらすら教えてくれるわよ」

「どこの自身番の父っつぁんだ」

「言わない、とっちめるから。あたしの稼業を忘れないで。口八丁手八丁で人様を騙くらかす騙り屋なのよ」

「威張《いば》るな、騙り屋が」

「ねっ、だから助っ人したいの。わかった？　池之介さん」

「……」

「ご飯、おいしかったでしょ」

思わずコクッと、池之介はうなずいてしまった。

すっかりおぶんに呑まれていた。

八

江戸城詰の小吏《しょうり》で、お掃除の者という下級の一群がいる。

文字通り広大無辺な城内を隅から隅まで箒《ほうき》で掃き清めるお役で、彼らは時に将軍の鷹狩《たかがり》に随行するようなこともあるが、ふだんは掃除のほかに、重職方の雑用や使い走りなどもこなす。

四人の支配役は八十俵扶持《ぶち》、お掃除の者は百七十人いて、十俵一人扶持である。

彼らは士分には違いないが、厳密に武士といえるかどうか。定服は黒絹の羽織に脇差をひとふり差しただけで、武家奉公人の中間、小者と変わらぬ身装だ。

しかし十俵一人扶持ではとても食えないから、少しでも才覚のある者は重職方に取り入り、もろもろの雑用を引き受けて余禄を稼ぐことになっている。

そんなお掃除の者の一人で、徳大寺《とくだいじ》吉六《きちろく》は南町奉行根岸《ねぎし》肥前守《ひぜんのかみ》鎮衛《やすもり》に重宝されていた。

吉六は二十二歳とまだ若く、根岸にどんな用事を頼まれても余計な詮索《せんさく》はせず、言われたことだけを忠実に実行する男だ。

殿中では様々な噂話が飛び交い、時に町奉行職に触れることも多々あるので、根岸としては知っておきたい殿中での情報はなるべく入手するようにしている。その耳目として吉六を使っているのだ。口さがない奥坊主《おくぼうず》たちは信用できなかった。

根岸肥前守は七十過ぎの老齢で、寛政《かんせい》十年（一七九八）に南町奉行に就任してから十年以上も現職にあった。温厚で寛仁大度《かんじんたいど》な人柄で知られ、人望もあり、その立場は揺るぐべくもない。しかし人生にはどんな陥穽《かんせい》が待ち受けているか知れず、ましてや幕閣重職に名を連ねていれば、情報収集はそのための転ばぬ先の杖《つえ》なのだ。

こたび根岸より吉六に課せられた頼みごとは、雑用というより密命に近いものだった。

勘定吟味役石黒隼人正、勘定組頭宮部仙蔵の動きをひそかに探れというのである。ただひとつ根岸が伝えたところでは、二人は兄弟であるということだった。それ以外の説明はなかった。

吉六は荷の重い仕事だと思ったが、それだけの密命を課せた根岸の信頼に応えようと、勇を鼓して引き受けた。それに褒美《ほうび》の一両は何よりも励みになった。彼には新妻と生まれたばかりの赤子がいるのだ。

勝手方の役所は、御殿勘定所と下勘定所の二カ所に分かれている。

御殿勘定所は本丸表御殿の一室で、五間に三間、三十帖余に十帖の次の間、さらに三の間がついている。

下勘定所の方は大手門の内にあり、独立した大きな殿舎である。勝手方の役人は多くが二百帖余のここへ詰めて執務する。郡代、代官の報告書の整理、一般の会計事務を執っている。また財政上、諸大名に通達することあらば、江戸留守居役を呼びつけて申し渡しもする。

毎日のことだが、机を並べ、整然と着座した四百人以上の肩衣半袴《かたぎぬはんばかま》の役人たちが執務する姿は壮観である。一斉に弾かれる算盤《そろばん》の音も耳をつんざく瀑布《ばくふ》のように聞こえる。

石黒は勘定奉行にしたがって行動することが多く、二カ所の勘定所を頻繁《ひんぱん》に行き来している。

宮部の方は下勘定所でひたすら執務し、さしたる動きはない。

この数日、吉六は下勘定所のお庭を掃き清めながらも、さり気なく宮部を見守っていた。むろん一人というわけではなく、同役の十四人と一緒である。

その日も吉六は、執務する宮部の姿を視野に入れながらお庭を掃いていた。

やがて昼になったので、吉六は同役たちと雑木の茂みの奥で車座になり、弁当を使うことになった。新妻のこさえてくれた質素な弁当を食いながら、それでも遠くに見える宮部から目を離さないでいた。これまで石黒と宮部の接触は一度もなかった。二人を見比べても相似したところは見出せず、兄弟とは思えないのだ。

石黒は謹厳実直を絵に描いたような、いかにもの堅物風だが、宮部の方はその逆で、色白で軟弱な感がした。顔つきもまったく違うのである。

弁当を食べ終えて再び掃除に戻り、竹箒を使っている吉六の目に、突如緊張が走った。

廊下を石黒がやって来て、室内の宮部に目で合図をしたのだ。石黒はすぐに立ち去り、宮部は書類を片づけてその後を追った。

吉六は同役たちに厠《かわや》へ行くと言い、庭伝いに小走った。

廊下の外れで、石黒と宮部が立って向き合い、密談を交わしていた。

それも尋常ではない様子で、石黒は険しい表情になり、宮部も青褪《あおざ》めているように見える。いつもの軟弱な宮部とは思えず、怖いような雰囲気を漂わせている。

パキッ。

夢中で覗いていた吉六がわれ知らず、木の枝を折ってしまった。

宮部は鋭い顔でこっちを見ると、廊下からズカズカと降りて来た。

その時には吉六は身をひるがえしていた。

宮部は履物も履かず、足袋《たび》のままで吉六を走って追い、庭の外れまで来た。そこで血走った目で見廻した。

全員がおなじ黒絹の羽織を来たお掃除の者十五人が、黙々と仕事をしていた。

彼らの一人に覗き見されたことはわかったが、吉六の顔は見ておらず、どの男がそうなのか、宮部は烈しい焦燥《しょうそう》を浮かべた。

吉六は目を伏せたまま、忙《せわ》しく箒を使っているが、心の臓は早鐘《はやがね》のように鳴っていた。

やがて立ち去って行く宮部を見送り、吉六は寿命の縮む思いがし、じっとり冷や汗が滲《にじ》み出た。妻子の顔を思い浮かべ、もうこんな危険極まりない仕事を引き受けるのはよそうと思った。

九

南町奉行所の与力詰所に呼ばれ、陣内は冷めた茶を飲みながらジッと待っていた。

風雅なる庭園では小鳥の群れが餌《えさ》を啄《ついば》んでいる。

母里主水からの急な呼び出しは、陣内を落ち着かないものにさせ、苛立ちすら感じていた。探索は遅々として進んでおらず、藁山《わらやま》のなかの針を探すに等しい無力感のなかにいたのだ。

（こんなことしてる暇はねえんだよなあ）

胸の内で、陣内は本音をつぶやいた。

やがて足音荒く、母里が入って来た。

「つながったわよ、野火殿」

対座するなり、いつものおかま口調で母里が言った。声が少し上擦《うわず》っている。

陣内は無言で目を上げ、母里の次の言葉を待った。

「石黒殿と宮部殿が殿中で何やらヒソヒソと密談していたそうよ」

「はっ、それは……」

　飛び抜けた話に陣内は面食らう。

「話の内容はわからないけど、これで兄弟の仲がわかったんじゃない。大いに疑わしいわね。やっぱり二人して勝手方の秘密を漏らしているんだわ」

「お待ち下さい、母里様、お城のなかの出来事などそれがしには調べようもございませんが、どのようにしてそれを」

　母里は「ウフッ」と恥ずかしそうに笑い、肩を竦《すく》めて、

「実はあたしがお奉行に頼んどいたのよ、石黒殿と宮部殿のこと。あれでもお奉行はお城のなかにいろいろと息のかかった小役人たちを手なずけているのね。それが役に立ったわけ。情報をつかんだ小役人の話だと、宮部殿に見つかって命からがら逃げたそうよ」

「その者は覚《さと》られたのですか」

　陣内が表情を引き締めて言った。

「そうらしい。でも大丈夫だって。顔を見られなかったっていう話だから」

「……」

「その前はさ、石黒兄弟は身分も違うし、片や養子に出された事情もあって、あたし

はっきり不仲なんじゃないかと思ってたけど、そうではなかった、これでつながったのよ。どう？　有能でしょ、あたしって」

「有能も何も、母里様はいつも優秀な与力様でございますれば」

「嫌だ、そんな」

　母里が頬を赤らめた。

「お骨折り頂きまして、お礼の言葉もございません。お奉行にも野火が感謝をしていたとお伝えを」

　陣内が言って叩頭《こうとう》すると、母里はうなずいて、

「いいのよ、それもこれもひとえに野火殿のためなんだから。で、そっちはどうなのよ」

「それがしの方でございますか」

「進んでるんでしょ、ご詮議。聞かせなさいよ」

「いえ、はかばかしくございませんな。信乃殿が宮部弥左衛門《やざえもん》殿の側室だったというところで頓挫《とんざ》しておりまして、屋敷を見張りつづけてはおりますが、その後さしたる動きもなく……まさか屋敷に忍び込むわけにも参りませんので」

「あるわよ、たぶん」

「はっ？」

「動きよ。城内での石黒殿と宮部殿、尋常な様子じゃなかったらしいわ。何かの手違いでも生じたんじゃない」

陣内が真顔を向けて、

「そのことで波紋が大きく広がるとよろしいですな」

「弥左衛門殿は五十五で、卒中で倒れたのは五年前だそうよ。お役は勘定衆止まりだったわけだから、義父より養子の仙蔵殿の方がはるかに出世したことになるわね。いい養子でよかったのよ。でもねえ、それが悪いことをしちゃいけないわ」

「はあ、ごもっともで」

どこか上の空の陣内を、母里は訝《いぶか》って、

「どうしたの、野火殿。何か変よ」

「そのお奉行が手なずけている小役人とやらの名を、お教え願えませぬか」

「どうして」

「念のためでございます」

それ以上は言わず、陣内は母里を見据えるようにした。

十

池之介とおぶんは浅草左衛門河岸の鶴岡藩を、その日の昼下りからずっと見張っていた。

改めて眺めるに、鶴岡藩は十七万石の大大名だけあって敷地は六、七千坪は優にあろうかと思われた。長い海鼠塀《なまこべい》がめぐらされ、庭木などは森林のように鬱蒼《うっそう》と繁っている。

日は傾きかけていて、辺りは一面に茜色《あかねいろ》に染まっている。

池之介は以前に有明楼の楼主と共に、藩邸の裏門に潜んで銀之丞の首実検《くびじっけん》をしているから、周辺の土地勘は持っていた。

ゆえにおぶんを雑木林の奥へ誘い、そこから見張っている。

陣内のために捕物を手伝うというおぶんの主張を、池之介は拒みつづけたものの、その熱意に遂に負けた。おぶんは一度言いだしたら聞かない性分らしく、池之介の行く先々に姿を現しては、あたしと組んだ方がいい、こんな使える女はなかなかいないなどと言い、まとわりついて掻き口説いたのだ。

それでも池之介が突っぱねていると、いつの間にか晩飯の支度がしてあり、時に酒の用意まで整っていて、それを見て池之介は単純にもおぶんに陥落されたのである。

それに騙り程度とはいえ、悪事に片足の親指くらいは突っ込んでいる女なので、ふつうの町娘などよりはこうしたことの勘働きはあり、決して足手まといになるような存在ではなかった。

つまりおぶんが自分で言うように、使える女なのである。

「退屈よねえ、張り込みって」

おぶんが溜息混じりに言い、

「さすがにご大藩だけあって人の出入りは多いけど、つぶさに見ながらあの人は違うこの人も違うって、篩《ふるい》にかけるのが大変だわ」

「けど待ち人はただ一人、偽蔭間の銀之丞なんだよ」

おぶんのつんと鼻の尖ったきれいな横顔を見ながら、池之介が言った。

「その銀之丞って男だけど、お侍のくせしてよく蔭間なんかやれたものね。誇りはないのかしら、気が知れないなあ」

「なんでもやるだろう、藩命とやらであればな。宮仕えはつれえんだろうぜ」

「銀之丞はいい男なんでしょう、蔭間に化けられるくらいなんだから」

「そこかよ」

「そこよ」

「確かにいい男だ」

「池之介さんとどっちが上？」

「そりゃおめえ……くっだらねえ戯《ざ》れごと言ってねえでしっかり見張ってろよ」

「あら、そういう言い方ないんじゃない。あたしは池之介さんの下っ引きでもなんでもないのよ」

おぶんがつっかかる。

「いいか、おめえの方から手伝わせてくれと言ったの忘れんなよ。こうして組んでる限りはおれの方が上なんだ。そこんとこよっくわきまえて、池之介親分と呼んでもいいぜ」

「そのものの言い方、野火様にそっくりね」

「そっくり似てくるんだよ、長えことつき合ってると」

「あら、そう、ふンだ」

その時、裏門がそろりと開けられ、町人姿の岩井銀四郎が姿を現した。

「奴だ」

池之介が緊張しておぶんの頭を押さえ、共に身を屈めた。

「ど、どうするの、池之介さん」

「決まってるだろう、行く先を突きとめるんだ」

おぶんが池之介の袖をひっぱって、

「な、なんだかわくわくしてきちゃった。いいわねえ、こういうのって。あたしに合ってるわ」

「行くぞ」

おぶんをうながし、池之介は足早に行く銀四郎の尾行を始めた。

道を抜けるとすぐに神田川の河岸が見えてきて、何かを待つようにして銀四郎はそこに佇《たたず》んだ。頻《しき》りに上流の神田の方角を見ている。

対岸は柳原土手だ。

辺りはすっかり薄暮となり、月明りだけだから、もはや遠くの人の顔は判別できない。

池之介とおぶんは橋詰に身を潜めている。

やがて神田の方角から一艘《いっそう》の川舟が流れて来た。黒絹で頰被《ほっかむ》りをし、面体を隠した武士が一人で舟を漕いでいる。黒羽織に袴姿だから幕臣のようだ。むろん大刀と脇差を差している。

おぶんが小声で、

「何者なのかしら、あの人」

「知るか」

池之介の返事はにべもない。

舟は銀四郎の近くに着岸し、武士と銀四郎は目顔でうなずき合う。

明るいうち、藩邸に大勢の人が出入りするなかに町飛脚《まちびきやく》もいたから、それで二人の男はつなぎを取ったのに違いない。

銀四郎が身軽に舟に飛び乗った。

すると武士は巧みに棹《さお》を操り、舟を旋廻させて元来た神田の方角へ船首を向けた。

そしてゆっくりと漕ぎだす。

池之介がおぶんに指図し、二人して身を屈め、河岸沿いに舟を追った。舟の二人は何やら密談を交わしているが、池之介たちの耳には届かない。

その時、池之介たちの前に不意に左母次が現れた。

「左母次さん」

驚く池之介を尻目に、左母次はおぶんを睨みつけ、

「なんなんだ、この女は。どうしてここにいる」

舟の方を気にしながら、押し殺した声で言った。

池之介が説明に困った顔になり、

「あ、いや、その、左母次さんは会うの初めてですけど、こいつはおぶんといって、辻川様の殺しに居合わせた奴なんです」

「なるほど、こいつがそうかい。旦那から話は聞いてらあ、騙り屋なんだってな」

「そうです」

「その女がなんだっておめえと一緒にいるんだ、解《げ》せねえじゃねえか」

「それが、ちょっと……詳しい話は道々」

池之介が話はさておき、舟を追おうとすると、左母次が待ったをかけ、おぶんを見やって、

「経緯《いきさつ》は知らねえがおめえはここまでだぜ。こいつぁ女がでしゃばる筋のもんじゃねえんだ」

左母次はおぶんのいることが気に食わないようだ。

おぶんも睨み返し、

「あたし、捕物のお手伝いするって決めたんですよ。池之介さんも承知してくれました」

「そうなのか、池」

「へ、へい、ですから道々わけを」

「いや、何がどうあろうがこの女に助っ人して貰ういわれはねえ。とっととけえるんだ」

「もう後戻りできませんよ。池之介さんから事件の話聞いて、こちとらすっかりやる気ンなってるんですから」

「何をもくろんでるんだ、おめえ」

「勘繰らないで下さいな、魂胆《こんたん》なんてありませんよ」

「てめえ……」

「なんですか」

左母次とおぶんがまた睨み合った。

舟が遠ざかって行くので、池之介はやきもきして、

「左母次さん、こんなことしてる間に舟を見失ったらどうするんです」

「わかってらあ、くそっ」

左母次が切歯し、身をひるがえした。

池之介とおぶんもそれにしたがって舟を追う。

「左母次さん、どうしてここへ来たんです」

「あの舟を漕いでるのは宮部仙蔵なんだ」

左母次がおぶんに聞かれないよう、池之介に声を落として言う。

「ええっ」

「宮部は下城すると屋敷に寄らねえで、神田川に出て舟を漕ぎだした。それでここまで来るのをつけてきたら、あの男を拾ったのさ」

「あれは蔭間の銀之丞ですよ。鶴岡藩のお屋敷から出て来たんです」

「これで宮部と鶴岡藩がつながったな。これからあの二人が、いってえ何をやらかすつもりなのか……」

おぶんが聞き耳を立てていて、話に割り込み、

「二人の様子からいって、尋常じゃないような気がしますよ」

左母次は不機嫌に舌打ちし、

「引っ込んでろ、おめえは」

「そんなにカリカリしないで下さいよ。左母次さんのことは池之介さんから聞かされてましてね、弟分思いのいいお兄さんなんですってね」

「やかましい、黙らねえとぶん殴るぞ」

「おおっ、こわっ」

おぶんが大仰に左母次を怖れてみせた。

(畜生、こいつぁ煮ても焼いても食えねえ阿魔《あま》だぞ)

左母次はおぶんを警戒することにした。

新《あたら》シ橋《ばし》を過ぎ、和泉橋《いずみばし》を越し、舟は湯島方面へ向かって行く。

すでに日はとっぷりと暮れ、辺りは漆黒《しっこく》の闇に包まれていた。

十一

舟は昌平橋と上水道の中間辺りの河岸に停まり、宮部仙蔵と銀四郎は降り立った。

武家屋敷の土塀の陰にとび込み、左母次、池之介、そしておぶんが固唾《かたず》を呑むようにして見守っている。

宮部と銀四郎は舟を捨てると肩を並べて町地へ入って行き、本郷竹町《ほんごうたけちょう》、湯島六丁目へと進み、やがて本郷金助町《きんすけちょう》に入った。

そこいら一帯は御徒組《おかちぐみ》、お先手組《さきてぐみ》、お小人目付《こびとめつけ》ら、下級幕臣の大縄地《おおなわち》で、それらの小屋敷がひしめいている。大縄地とは下級武士の集合住宅のことだ。

武家屋敷といっても町人階級の長屋が建ち並んでいるようなものだから、あちこちの屋敷から庶民的な煮炊きの匂いがし、あけっぴろげな雑談の声などが聞こえてくる。

往来の人もなく、真っ暗な屋敷町を行き、一軒の小屋敷の前で宮部と銀四郎の足が止まった。

その小屋敷は徳大寺吉六のもので、邸内からは赤子や妻女らしき女の甲高い声が外に漏れている。

宮部が鞘《さや》ごとの脇差を抜き、銀四郎に手渡すと、鋭い目で吉六の小屋敷をうながした。

銀四郎は脇差を腰に落とし、木戸門を抜けて、迷うことなく小屋敷へ向かった。

宮部は音を立てずに退くと、銀四郎の首尾を見届けるかのように、近くの暗がりに身をひそめた。

銀四郎は鯉口《こいぐち》を切って抜刀し、大胆にも玄関から屋敷へ入って行こうとした。明らかに吉六の殺害が狙いのようだ。

すると横手の物陰から、ぬっと陣内が現れた。母里から吉六の屋敷を聞き出し、警戒態勢に入っていたのだ。

とっさに銀四郎の白面に怒りの朱が差し、硬直してその場に立ち尽くした。

「やっと会えたな、おかまの銀之丞ちゃん」

陣内が揶揄《やゆ》めいた口調で、ドスを利かせて決めつけた。

銀四郎は屈辱に表情を歪め、無言のまま脇差を正眼に構える。

(できるな、この野郎)

そう思い、陣内は間合いを取って刀の柄《つか》に手を掛け、ジリッと接近した。一分の隙もない。

銀四郎が地を蹴り、勢いよく斬りつけた。

それより速く陣内が動き、銀四郎の利き腕を捉えた。凄まじい力で潰さんばかりにしてその腕をつかむ。

痛みに銀四郎の顔が歪んだ。

陣内は銀四郎の手から脇差をもぎ取り、拳《こぶし》を固めてその鳩尾《みぞおち》を突いた。つづけざまに腹部も殴打する。

一瞬息が詰まり、銀四郎が苦しい声でうずくまった。

陣内が表へ鋭くうながすと、左母次が駆けつけて来て銀四郎に縄を打った。高手小手に縛り上げ、口に手拭いで猿轡《さるぐつわ》を嚙ます。

「連れてけ」

陣内の命で左母次が銀四郎を引っ立てた。

その二人とすれ違い、池之介とおぶんが走り寄って来た。

「旦那、たった今宮部が姿を消しましたよ」

それへうなずいておき、陣内がおぶんを見た。

おぶんは何も言えず、小さくなってうなだれている。

「おぶん、酔狂だな、おめえも」

シッシッシッと、陣内が歯の間から奇妙な笑いを漏らした。

叱られるとばかり思っていたので、おぶんはパッと嬉しそうな顔を上げた。だがとっさのことでもどかしくも言葉が出てこない。何かを言いかけてうつむき、また喋りかけては目を伏せた。結局、その場ではひと言も言葉を発せられず、おぶんは愚図《ぐず》な自分が情けなくて心を萎《しぼ》ませた。

かくの如く、陣内の前ではしおらしいおぶんなのである。

その時、屋敷のなかから赤子の泣き声が聞こえ、足音が玄関の方へ近づいてきた。

陣内がちょっと慌て、皆を連れ出して全員が姿を消した。

何も知らない吉六が赤子を抱いて現れ、草履《ぞうり》を突っかけて外へ出てあやしだした。

「ほうら、きれいなお月様だ、見てご覧。兎《うさぎ》が餅《もち》を搗《つ》いてるぞ」

だが赤子は泣きつづけ、吉六はすっかり持て余してしまう。

その光景を、陣内がホッとした目で暗闇から見ていた。

十二

士分である銀之丞の身分はともかく、あくまで有明楼の蔭間ということで押し通し、陣内は詮議にかけた。

嫌疑は袖吉、長次の蔭間両人、及び同心辻川一十郎殺しである。

それで南茅場町の大番屋へ入牢させ、早速訊問を始めた。雑居ではなく、一人牢だ。

しかしいくら詮議を重ねても、銀之丞は黙秘をつづけて一切口を開かない。そこには死を覚悟した者のような、異常ともいえる頑《かたくな》さがあった。

陣内は穿鑿所で銀之丞と相対し、疑問をぶつけた。

「おめえの身分は？　本当の名めえはなんてえんだ」

「有明楼で密会してた信乃って女は、おめえとはどういう関係なんだ」

「信乃からどんな密書を受け取っていた」

「お家のためにはおめえは平気で人でなしになれるようだな。おれの同役の辻川殿をぶっ殺したのもおめえの仕業《しわざ》だろ。それだけで十分獄門磔《ごくもんはりつけ》なんだぞ」

「藩からどんな命令を受けておめえは動いてるんだ。おいらにだけ打ち明けろよ、悪いようにゃしねえから」

「おめえがいくら頑張ったって、いざとなったら藩は助けてくれねえだろうぜ。藩なんてそんなもんだろ。その辺のところ、よっく考えてみろよ」

「勘定組頭の宮部仙蔵殿と組んで、おめえはお掃除の者の徳大寺吉六の暗殺を謀《はか》ったな。お城でお兄ちゃんと密談してるとこを見られたからか。そん時どんな密談をしてたんだ」

どれほど陣内が責め立てても、銀之丞は石のような無表情を貫き、黙秘しつづけた。

これにはさすがの陣内も音を上げた。

(これじゃ壁に向かって喋ってるのと変わらねえぜ)

なのである。


銀之丞への訊問が始まって二日目の晩、大番屋の一室に陣内、左母次、池之介、そしておぶんがなんとはなしに顔を揃えた。

まさか酒を飲むわけにはいかないから、全員が渋茶を啜っている。陣内の奢《おご》りで鰻《うなぎ》飯《めし》がふるまわれたので、腹は満ち足りていた。

夜になっても暑さが引かず、少し汗ばむようなじっとりとした宵だった。

「ところでよ、おぶんちゃん、おめえの素性の方、そろそろどうだ。池ちゃんが聞いても言わねえらしいじゃねえか」

陣内の言葉に、だがおぶんは答えない。もじもじしたような仕草で湯呑の縁をこすっている。まるで内向きな少女のようだ。こうして陣内たちと何度か顔を合わすうち、最初の頃の蓮《はす》っ葉《ぱ》っぷりは翳を潜め、おぶんは至極まともな女になっていた。それを本人はわかってやっているのか、知らずにそうなったのかは不明だ。当人にもわからないのかも知れない。

「池ちゃん、おめえの言った通りだな」

陣内が言うのを、池之介はうなずいて、

「へえ、こいつ、いくら聞いても言いやがらねえんですよ」

池之介が言い、不服そうにおぶんを見た。

左母次はおぶんの表情を窺《うかが》うようにして、

「気難しいのか、おめえは。どうしたんだよ、むっつりしやがって。らしくねえじゃねえか」

三人の視線がおぶんに集まった。

「……あまり言いたくないんです」

おぶんが重い口を開いて、

「あたしは人様に誇れるような昔を持ってませんから」

陣内がせせら笑って、

「ンなこたわかってらあ、誇れるような家柄の娘が騙りなんぞやるわきゃねえだろ。おいらが知りてえのはさ、おめえがどうしてそんな道にへえったかってこった」

「言わないと拷問《ごうもん》にかけられますか」

反撥《はんぱつ》の目でおぶんが言った。

陣内はごくりと生唾を呑んで、

「いいねえ、やってみよっか」

「拷問にもいろいろありますけど」

「おめえを素っ裸にして木に吊るしてさ、両手両足縛っておいらがこちょこちょくすぐるんだよ。たまらずにしょんべん漏らしたって知んねえからな」

陣内の戯れごとに、おぶんがコロコロと笑い、左母次と池之介も失笑する。

「で、素性を明かす気ンなったか」

おぶんが微苦笑で、

「ああ、もう、しつこいなあ、野火様って。でもそこがいいんでしょうね」

「しつけえのが好きなのか」

「はい」

「変わった女だな、おめえ」

「野火様の言うことはみんな好きです」

「よ、よせよ、おい」

左母次と池之介の視線を感じ、陣内がうろたえる。

ややあっておぶんがぽつりと口を切った。

「人様に言いたくないのは、あたしのこれまでがあまりにもついてないことだらけで、みっともないったらないからです」

おぶんは冷めた茶で喉《のど》を潤《うるお》し、

「あたしの生い立ちはそんなにひどいものではありませんでした。ふた親も揃ってましたし、妹だっていたんです。子供の頃は神田佐久間町《さくまちよう》に住んで、お父っつぁんは米の仲買人をやってました。ふた親とも馬鹿がつくくらいのお人好しで、金廻りのいい時なんざよくたかられて、困った人に施しをしてはよかったよかったと喜んでるような夫婦だったんです。それがある日を境にして、一家の運命は坂道を転がり落ちました」

三人の男は何も言わない。

「赤の他人の借金の保証人になって、その人は金が払えなくなって夜逃げをしちまいました。そうなるともういけませんね。今まで群がってた人たちは蜘蛛《くも》の子を散らすようにいなくなって、借金に追われる日がつづきました。毎日そのことばかり考えてるうち、おっ母さんは妹を道連れにして大川へ身を投げちまったんです。後に残されたお父っつぁんとあたしは死んだも同然でしたよ」

「どうした、お父っつぁんは」

陣内がかすれたような声で言った。

「腑抜《ふぬ》けってああいう人のことを言うんでしょうねえ……お父っつぁんはあたしとろくすっぽ口を利かなくなって、酒浸りになりました。それから三月《みつき》もしないうちに、ある朝起きたらポックリ死んでたんです。それでたった一人になっちまったんですよ、あたし」

深い嘆きの声が、おぶんの口から漏れた。

陣内が「酒はねえのか」と言いだし、左母次が「ここじゃマズいですよ」と言って止めている。

おぶんがつづける。

「その時は十五になってましたから、遠い親類の世話で紺屋《こうや》に住み込みで働くことに。でも朋輩と折合いが悪くって長つづきしませんでした。とび出して鳩笛《はとぶえ》やおみくじ売りをやったりしましたけど、どれもうまくゆかないんです。ところがおみくじ売りをやってる時に、通りがかったお爺さんが事情を聞いてきたので、とっさにあたし、うまいこと作り話をしましたら、そのお爺さんが同情して法外な金をくれたんです。それがきっかけでした、舌先三寸で哀れな娘を装《よそお》って人から金を巻き上げるようになったのは。善人を騙す時は気が引けますけど、相手はお金持ちと決めて、この二年ほどはそういうことをやって飯を食ってます。嘘がバレて訴えられ、二度ほど捕まってお仕置きを受けましたが、悪いこととは知りながらやっぱりやめられませんでした。そんな時ですよ、辻川の旦那に目をつけられて強請られ始めたのは」

「そうかい、よっくわかったぜ。辻川殿の話はまあいいやな」

陣内が言うと、おぶんは三つ指を突いて、

「すみません、あたし、悪い女なんです」

そのおぶんを見て左母次が苦笑し、

「よせやい、世の中にゃもっと悪い女がごまんといるぜ、おめえより一枚も二枚も上手のな。おためごかしの慰めを言うつもりはねえが、おめえはまだまだましだよ」

「左母次さんにそんなこと言って貰えるなんて」

おぶんはそっと左母次を見ている。

池之介は考えに耽っていたが、

「おぶん、おめえが騙りの道に走ったのも、ふた親を死なせた世間への恨みなんじゃねえかな。たぶんそういうものがあるんだよ。金のあるうちはいいけど、なくなったらはいそれまでよだろう。よくいるんだよ、そういう奴ら。てえか、おれもおめえの立場だったらやっぱり世間を恨むぜ」

すると陣内がとんちんかんともいえるような、予想外なことを言いだした。

「あのさあ、ええとさあ、ところでこの娘っ子どうしてここにいるんだ。十手持ちでもねえのに変だろ」

左母次と池之介が戸惑いで見交わし、おぶんも居心地の悪い顔になる。

陣内はおぶんを覗き込み、

「なあ、おぶんちゃんよ、おめえにゃもう悪事は働けねえだろ。こうやっておれたちに洗い浚《ざら》いぶちまけたってことは、自分でもわかってんだよな。そうだろ」

「いけませんか、捕物のお手伝いは」

おぶんが真顔を向ける。

「捕物のお手伝いなんざちゃんちゃらおかしいね。そういつもいつも金魚の糞《くそ》みてえにくっついていてられたらこっちが困っちまうもん。持て余し者なのよ、おめえは」

「……」

「ま、まあ旦那、おぶんだって重々わかってるんですから。そこまで言わなくとも」

池之介が取りなすと、陣内は突っぱねて、

「そういうのがいけねえっちゅうの。捕物ってなもっと厳しいもんだろ、こんなしょんべん臭えねえちゃん手先に使ってたらこちとらの名折れになっちまうよ、池ちゃん」

「へ、へえ……」

池之介は仏頂面でうなだれる。

左母次が神妙な面持ちになり、

「あっしもついさっきまでは旦那とおなじ考えでしたよ。けどこの娘の打ち明け話聞いてるうちに見る目が変わったんで」

「騙されちゃ駄目だよ、左母ちゃんまで。こいつは人を欺《あざむ》く莫連女なんだから」

「おぶんは心根までは腐っちゃいませんぜ」

左母次が陣内から目を逸《そ》らさずに言った。

おぶんは衝《つ》かれたように左母次を見ると、

「嬉しいわ。ずっとつんけんしていた左母次さんが、そんなふうに言ってくれるなんて」

「いいんだ、おぶん、旦那の本音はな、おめえに危ねえ思いをさせたくねえのさ。だから今みてえな言い方をしなすった。そこンところを汲《く》んでおめえはおれたちから離れな。それが一番いいぜ」

「……」

「おぶん、おれもそう思う。手伝いの礼を言うよ」

池之介の言葉に、おぶんは不意に黙り込んだ。うなだれて考えに耽っている。

三人が見守っていると、やがておぶんは決意じみた顔を上げ、

「……よっくわかりました。これ以上でしゃばるのはよしにします。お世話かけました」

抑揚のない口調で言って席を立ち、三人に会釈《えしやく》するとあっさり出て行った。

三人は無言のまま、微妙な視線を交わし合っている。

その時、大番屋中が大騒ぎになり、入り乱れた足音が聞こえてきた。

池之介が立って障子を開けると、六尺棒を手にした小者が血相変えて駆けつけて来

て、

「た、大変なことに」

「どうしたんだ」

「一人牢の銀之丞がぶっ刺されたんでさ」

陣内が形相を一変させ、左母次、池之介と共に一室をとび出した。三人は長い石廊下を奥へと突き進み、突き当たりの二帖ほどの独居牢の前へ来た。陣内らの背後では大勢の小者たちが遠巻きにしている。

牢内で銀四郎が倒れ伏し、なかに入った牢番の何人かがしゃがんで群らがっていた。駆けつけた陣内たちが牢へ入り、牢番たちを押しのけて銀四郎に見入った。

そして陣内が銀四郎を仰向けにさせると、胸と腹を刺突《しとつ》され、疵《きず》は深く、すでに絶命している。

陣内は小者たちを見廻し、

「冗談じゃねえぜ、天下の大番屋でこんなことがあってたまるもんかよ。誰か怪しい奴は見てねえのか」

小者たちのなかから一人の父っつぁんが進み出て、

「あ、あっしがこの目で見やした。軒燈の油を取り替えにめえりやすと、あそこの勝手口から手槍を持った黒い影がへえって来て、すげえ勢いであっしを突きとばして、銀之丞に話しかけながらぶっ刺したんでさ。それであっという間に消えたんですよ。今からほんのちょっとめえのこってす」

「面は見てねえのか、刺客《しかく》の」

怒鳴るような陣内の声だ。

「黒い着物に被り物をしてたんで、面は拝んじゃおりやせん」

父っつぁんが答える。

陣内たちは牢から出て、横手の勝手口へ殺到した。油障子を開けると真っ暗な闇が広がっていて、滔々《とうとう》と流れる日本橋川の音が聞こえていた。

「追いかけろ、まだ遠くに行っちゃいねえはずだ」

陣内が下知《げち》し、左母次と池之介が勝手口からとび出して行った。小者たちもドッとその後につづく。

「ええい、くそったれが……」

陣内が一人罵声《ばせい》を吐いた。

すると向こうの柱の陰から、一部始終を見ていたおぶんが顔を覗かせた。立ち去ったはずがまだ大番屋にいたのだ。

（あたしがどれだけ使える女か、じっくり教えて上げますよ、野火様）
おぶんは胸の内でつぶやき、山猫のようにすばやく消え去った。

第三章　金紋様《きんもんさま》

一

静寂《しじま》を破って水音が聞こえてきた。

それを耳にするや、信乃は寝所で目を覚ました。

「……」

暫《しば》し耳を傾けるも、水音はつづいている。

暗いなか、信乃は半身を起こして枕許の黒絹を取り、馴れた手つきで面体を覆《おお》った。

それは外出の折のお高祖頭巾《こそずきん》とは違い、室内用の簡素なものだ。

そこは宮部仙蔵の屋敷のなかだが、それでも信乃には頭巾を被らねばならぬ事情があった。

手燭《てしょく》に火を灯し、それを手にして寝所を出る。廊下を足早に行き、湯殿の前に立った。

杉戸の向こうで、誰かが手でも洗うような気配がしている。

「ご免」

声を掛け、信乃が杉戸を開けて脱衣場へ入り、スッと緊張の目を細めた。

片肌脱ぎの宮部仙蔵が湯船の前にしゃがみ込み、手桶《ておけ》に残り湯を汲《く》んでは手足にかけ、こびりついた返り血を洗い流していた。

宮部は信乃と視線を合わせると、手拭いで手足を拭き取り、黙って立って来た。

家人の耳目を憚《はばか》り、二人は二帖ほどの脱衣場の狭い空間で対座し、押し殺した声で密談を始めた。

「岩井銀四郎を仕留めてきた」

なんの感情もみせず、宮部が言った。

信乃も無表情だが、その目に微かな揺らぎが見える。

「死することを受け入れましたか、銀四郎殿は」

「わしが救いに来たと思ったようだ」

「では騙《だま》し討《う》ちに」

「やむを得まい。このままではすべてが露見してしまう。町方の拷問《ごうもん》もあなどれぬものがあるしな。話しかけると見せかけ、岩井が牢格子にすり寄って来たところを突いた」

「道具は」

「手槍だ」

「それはいずこの」

「わしのものだが」

「持ち帰りましたか」

「途中で捨てた。血染めの手槍を持って道など歩けるものか。そんなことはどうでもよいではないか、信乃殿」

「手槍から足がつくやも知れませぬ」

「考え過ぎだ」

「仙蔵殿、上手《じょうず》の手から水が漏れてはならぬのです。手槍はどこへ捨てましたか」

信乃の追及は執拗だ。

「日本橋を渡ってすぐの川へ投げた。もはや沈んでおろう」

信乃は暫し考え込んでいたが、

「誰にも見られてはおりませぬな」

宮部はうるさそうに表情を歪《ゆが》め、

「心配は無用に致せ。ここへ辿《たど》り着くまで、誰一人会ってはおらぬ」

「いきなり突かれ、銀四郎殿は今際《いまわ》の際《きわ》に何か申されましたか。それをお聞かせ下さい」

「わしを睨《にら》み据え、おのれとひと言申した。それだけであった」

「……」

「如何《いかが》した」

「無念でならぬのです。銀四郎殿はよき武士《もののふ》でございました」

「わしも同感であったぞ。したが残されたわれらとて身を守らねばならぬ」

「わかっております」

そう言ってうなずき、信乃は底意のある目を宮部へ向け、

「お掃除の者はどうするのです」

「兄上と密議致し、捨ておくことにした。些《いささ》かこちらが過敏になり過ぎていたのやも知れぬ。密談を聞かれたわけでもなく、また城中で兄弟が談合していてなんの不思議があろうか。証拠は何もないのだ」

「銀四郎殿を捕えし町方同心の件は」

「その奴は南の定廻りで野火陣内と申す。あの使い手の岩井をいとも簡単にお縄にしたがゆえ、かなりの手練《てだれ》と思える」

「その者の処分は」

「ちと厄介ではあるが、お掃除の者同様、暫く泳がせて次の手を考えるつもりだが」

「手ぬるくはございませぬか」

「しかしそれは兄上と決めたことだ」

「わたくしが一矢報いても構いませぬな」

「生兵法《なまびょうほう》はなんとやらだぞ、信乃殿」

「銀四郎殿の仇討《あだうち》でございますよ。如何に手練でござろうが、不浄役人などに負けは致しませぬ」

「信乃殿、所望したい」

唐突《とうとつ》に、宮部が信乃へ情欲の目を向けた。

信乃が無言で寝巻の裾をまくり上げ、白い下半身を晒《さら》した。あぐらをかいた宮部の首に両腕を絡ませ、抱っこする形で膝の上に跨《また》がった。

そうして二人は一切言葉を発せぬまま、淫靡《いんび》に交尾を始めた。

信乃が烈しく上下に動くうち、漏れる喘《あえ》ぎ声は宮部の唇が塞いだ。行為のさなか、頭巾が外れて信乃の顔半分が露出した。

だがそこに何があるのか、うす暗がりで定かには見えない。

二

おぶんから使いを貰い、池之介は神田連雀町の帯解《おびとけ》長屋を訪ねた。

赤子を背負った女におぶんの家を尋ね、教えられて入りかけた。しかしその女の落ち着きのない態度を池之介は不審に思った。池之介の腰の十手を見て女はそうなったのだが、やがてすぐに合点した。以前におぶんの口から、哀れな身の上話をもっともらしく見せるため、子持ちの女を偽装した件を聞いていたからだ。これがその時の道具として使った赤子なのかと、それで得心がいった。子を貸し屋というひそかな稼業があるのだ。

池之介の予想通りにその女はお金で、後ろめたい顔でそそくさと自分の家に引っ込んだ。

「いるかい、おぶん」

池之介が声を掛け、油障子を開けた。

おぶんは昼飯の茶漬を食べているところだったが、池之介を見るとクスッと肩を竦《すく》めて笑い、

「早かったわね、ご免なさい、すぐ片づけるから」

そう言い、さらさらと茶漬を搔《か》っ込んだ。

池之介は六帖一間の上がり框《かまち》に掛け、あまり色気があるとはいえない殺風景な家のなかを眺め、それでも思ったほど自堕落《じだらく》な感じはしなかったので、

「へええ、存外と人並な暮らしをしてるじゃねえか」

「莫連女《ばくれんおんな》らしくないでしょ」

「ははは、自分をいじめてりゃ世話ねえや」

「あら、そんなつもりはないのよ。だってあたしは本当にそうなんだもの。まっとうに生きてる女とはいえないわ」

「けど旦那やおれたちはもうそんな目でおめえを見てねえぜ。わかって貰いてえな」

おぶんは「うふふ」と曖昧《あいまい》に笑い、膳を片づけて池之介に茶を淹《い》れた。

「用はなんだよ。こうしておれを呼び出すほどの大事でも持ち上がったかい。いや、おめえは捕物から手を引いたんだ、まさかそっちじゃねえよな」

「あたしが素直に言うことを聞く女だと思ってるの、池之介さん」

とたんに池之介は目を尖らせ、

「おめえ、まだなんかやってんのか」

おぶんはそれには答えず、

「そっちはどう？　何かつかめた」

「い、いや、大した動きは……だからみんなで腐ってらあ」

「そんなこったろうと思ったわ」

そう言い、おぶんは躰をよじって衝立《ついたて》の陰に隠したものを取り出した。唐草《からくさ》の風呂敷に包んだ棒状の品だ。

「見つけたのよ、これ」

「な、なんだ？」

「日本橋川の葦《あし》の茂みにひっかかっていたの。拾ったのは二日前の夜中。つまり大番屋で銀之丞って蔭間が殺された晩よ」

池之介が張り詰めた表情になり、風呂敷を解く間ももどかしく、なかのものをつかみ出した。

穂先に血の付着した兇器の手槍である。

手槍というのは柄が細く短い槍のことで、主に室内戦に用いられるものだ。

「こいつぁ……」

池之介が絶句する。

「それ、間違いなく殺しの道具でしょ。下手人《げしゅにん》が銀之丞を大番屋で突き殺した後、逃げる途中で川に捨てたんだわ。あたしはあの時まだ大番屋にいて、騒ぎを一部始終聞いてすぐにとび出したの。下手人を追いかけるつもりで日本橋を渡ったら、葦にひっかかっているそいつに気がついた。これはお手柄だと思って、河岸を下りて足許濡らしながら懸命にそれを拾い上げたのよ」

「確かにお手柄かも知れねえが、この手槍で何がわかるんだ」

「よく見て。柄の所に銘が彫ってあって、国友《くにとも》って字が読めるでしょ。それをこさえた槍師の名前に違いないわ」

「おめえ、もう当たったのか」

「当たっているんだけど、国友一派は大勢いて、あっちこっちに飛んでるのよ。今まで三軒ほど廻ったけど、みんな自分の作じゃないって言われた」

「あと何人いるんだ」

「七人よ」

「今日も出掛けるのか」

「うん、そのつもり。だって槍師の一人が自分の作だって認めたら、誰に頼まれてこさえたのかがわかるでしょ。そうすれば下手人が知れるじゃない」

「そういう聞き込み、十手がねえとやり難いだろう」

「最初はかならず門前払いね。うさん臭い女と思われてけんもほろろ。そこをなんとかとお願いして、やっと見て貰うのよ。だから並大抵の苦労じゃないわ」

池之介がうす笑いを浮かべ、

「何を言いてえ」

「わかってるでしょ」

おぶんも含んだ目で笑っている。

「おめえな、旦那のめえで捕物から離れるって約束したんだぞ」

「手柄を立てりゃこっちのものよ。ねえ、つき合って、一緒にやろうよ、池さん」

「気安い呼び方するな」

「それじゃお願いします、池之介親分」

おぶんが三つ指を突いた。

「ま、まあ、たってと頼まれりゃあ……けどおめえ、このことは旦那と左母次さんにゃ内緒だぞ」

「二人だけの秘密ね。指切りげんまん」

小指と小指が結ばれた。

（またこいつに負けてるぜ、おれ……）

池之介はげんなりした。

三

焚火《たきび》のなかに棒を突っ込み、母里主水が焼き芋《やきいも》を二つ、コロコロと転がり出させた。

「焼けているかしら」

母里が言うので、野火陣内は芋を一つ手に取り、割ってみた。やわらかく、湯気が立って香ばしい匂いがする。

「うまそうです」

「わっ、熱っ」

二人は焚火の前に並んで腰を下ろし、皮を剝《む》いてホクホクと芋を頰張《ほおば》った。

今では焼き芋といえば冬のものだが、この頃は年中食べていた。

冬なら枯枝や枯葉を集め、焚火にして芋を焼けるが、夏場は使いふるしの俵や縄を燃やすのだ。

余人の姿はなく、裏庭にいるのは二人だけである。

「もう大変だったわよ、野火殿」

「はっ？」

「大番屋の一件よ。入牢《じゅろう》中の科人《とがにん》が何者かに殺《あや》められるなんてあってはならないことじゃない。世間に知られては困るし、役所のなかであたし一人で駆けずり廻って口止めしまくりだったのよ。大番屋の小者連中にも、奉行所の威信にかけて他言無用をきつく申し渡しといたわ」

「はっ、それは」

「でもねえ、こういうことってきっとどっかで漏れるものなのよ。仕方ないけどさ。誰かに聞かれたら銀之丞は病気で急死ってことにしてあるんで、口裏を合わせといてね」

陣内が恐縮で、

「いつもいつも母里様には尻拭いをさせる結果と相なり、誠にもって申し訳なく思っております」

「野火殿の尻拭いならいつだって喜んでやるわよ。尻拭いの母里って呼んでくれても構わないわ、ムフフ」

「尻」に力を入れて母里が言う。

陣内は気色が悪くなって少し離れる。

「それにしても銀之丞殺しの下手人、何者なのかしらね。銀之丞ってのは世を忍ぶ仮の名で、その正体は鶴岡藩の侍なんでしょ」

「それに関しまして、それがしはさほど躍起《やっき》になってはおりません」

母里は陣内の言葉を意外に捉え、

「あら、どうして。野火殿はあの場にいて立場をなくしたのよ。面目丸潰《めんもくまるつぶ》れじゃないの」

「それがしの面目など、あってなきが如《ごと》くにございますれば」

「なんで躍起にならないの」

母里が肘《ひじ》で小突くので、陣内はまた離れ、

「鶴岡藩か、あるいは勝手方の役人か、そのうちの誰が下手人であるにせよ、銀之丞殺しが口封じであることは歴然としております。足掻《あが》いているのですな、一味は」

「一味というからには首魁《しゅかい》がいるはずよね。誰なの、石黒殿か、宮部殿か」

「焦ってはいけません、それもいずれ露見致しましょう。それがし、この一件を追って行くうちにあることを思い出しました」

「どんなこと」

「その昔、こういうことがございました」

陣内が何を言いだすのかと、母里は口の動きを止めて聞き入る。唇の端に芋の滓《かす》がついたままだ。

「寺社方で大規模な疑獄が発覚致しまして、取次役、大検使《だいけんし》、小検使ら、主立った五、六人が極刑に処せられたことが……」

町奉行、勘定奉行は幕臣、すなわち旗本衆のなかから選任されるが、寺社奉行は大名から選ばれ、奏者番《そうじゃばん》を兼務して定員は四人と定められ、月番交替で執務する。およそ五万石から十万石級の大名が任命される習いで、それゆえ幕府直属の与力、同心の配属はなく、寺社奉行はおのれの家臣のなかから取次役、大検使、小検使、吟味物調役などの役職を割りふり、その職能を果たしている。

「その侍たちがどのような悪事を働いたかと申しますと、江戸における名刹《めいさつ》、古刹《こさつ》の高僧たちに対し、寺社方の圧力をかけ、つまりは体《てい》のよい強請《ゆすり》をやって莫大な金をせしめておったのです。寺の方も上がりを持ってゆかれるのですから、たまったものではございません。そこで僧侶たちが一致団結致しまして、ご老中に直訴に及び、事が発覚したのです」

「昔っていつのことかしら」

「それがしがまだ若手同心で張り切っていた頃でございます」

「随分と昔ねえ、だったらあたしが例繰方《れいくりかた》の新参与力だった時分だわ。人別帳に首っぴきになっていたから、そんな大事件は知らなかった」

例繰方は罪囚の犯科や断罪の状況を蒐集、記録、検討するお役であり、今の母里の職に比べれば閑職だ。この男はそういう地味な役職から、花形の吟味方に栄転してきたのである。

「ところがその事件には裏がござり、大目付殿がさらなる疑念を追及したところ、金を吸い上げていた別の人物のいたことが判明したのです」

「ええっ、となると……」

母里が怯えた鳩《はと》のような顔になる。

「つまり一番高い所にいるお寺社奉行その人こそが、悪事の根源だったのでございますよ。疑念を追及したるはさすが大目付殿と、その時感服致しました。まさに天網《てんもう》恢々疎《かいかいそ》にして漏らさずとは、このことではないかと」

「で、どうなったの、そのお大名は」

「お役は解かれましたが、したがお奉行である殿様にお咎《とが》めはなしでした。幕府の方にも糾弾《きゅうだん》できぬ弱みがあったのやも知れません」

「どんな弱みよ」

「それは如何にそれがしでも、詳《つまび》らかなわけは不明にございます。また機密が町方風情にまで漏れてくるはずもございますまい」

陣内はそこで言葉を切り、

「目付方の知り合いからその件を聞き、国表へ戻られるお寺社奉行その人を、町なかから覗き見致しましたところ……」

「どんな殿様だったの」

「なんとまあ、予想を越えて能天気《のうてんき》な朗《ほが》らかともいえるような御方《おかた》でございましたな。あれは悪いことをしたと思っている顔ではございません。それがし、開いた口が塞がらなかったことを憶えております」

「嫌だ、腐ってるのね、世の中って」

「こたび、その一件を思い出しまして。やはり一味の上に首魁がおるのではないかと」

「石黒殿や宮部殿よりもっと上ってこと？」

陣内がうなずき、

「そのように確信しております。お上の機密を漏洩《ろうえい》させるということは、よほどの裏金が動いているのでは。ゆえに以前の寺社方の事件を彷彿《ほうふつ》とさせるのでござる」

「あらあ、大変、これってそんな大事件だったの。野火殿はいったい何者が首魁だと睨んでいるわけ？」

「それはまだわかりませんな。しかし追及の手さえ弛《ゆる》めねば、やがて悪事は千里を走るものと」

「高を括《くく》ってるってこと？」

「いいえ、決してみくびってはおりません。機が熟するのを待っているのでございます」

「いいわいいわ、野火殿のそういう辛抱強さが好き。あこがれちゃう。得心がいくまでおやんなさい。尻拭いはこのあたしに任せて」

にんまり意味ありげに笑い、また肘で小突こうとした。

すると陣内が勢いよくすっくと立ち上がったので、母里は体勢を崩して無様《ぶざま》にスッ転んだ。

四

「あれ？　なんだよ、おめえ、どうしちゃったんだ、やけに女っぽいじゃねえか」

組屋敷へ戻って来るなり、陣内が頓狂《とんきょう》な声を発した。

主《あるじ》を迎えに走り出て来た牝猫《めすねこ》の姫が、赤い紐《ひも》の首玉（首輪）をつけ、チリンチリンと鈴を鳴らせているのだ。

日が翳《かげ》り、辺りはうす暗くなっていた。

「誰だよ、こんな余計なことするのは。左母ちゃんか、池ちゃんか」

陣内が姫を抱き寄せて首玉を外そうとすると、先に来ていた池之介が奥からひょっと姿を現し、

「取っちまうんですか、旦那。可愛いと思いますけどねえ」

「誰がつけたんだ、おめえか」

「いえ、その、実は……」

「左母次はこんなことしねえだろ」

「おぶんの仕業《しわざ》なんです」

陣内が奥へ目をやり、

「来てんのか？」

「ちょっとめえにけえりやした」

「おめえと一緒に来たのか」

「へえ、まあ」

「あいつとつき合うの、もうやめろって言ったろうが」

「今度は役に立ったんです」

来て下せえと池之介に言われ、陣内は鈴を鳴らせて颯爽《さっそう》と外へ出て行く姫を見送りながら、

「似合わねえだろうによ、姫ちゃんにゃ。ッたくもう、ろくなことしねえな、あの莫連女め」

ぶつくさ言いながら奥座敷へ行くと、池之介が兇器の手槍を前に置いて待っていた。

「旦那、こいつぁ銀之丞殺しの道具なんですよ」

「どこにあった」

「日本橋川に捨ててあったらしいんで」

「らしいってことはおめえじゃねえんだな。誰が拾った」

「おぶんです」

「まだそんなことやってんのか、あいつぁ。ここへ呼び戻して来いよ、おいらが説教してやる」

「それにゃ及ばねえと思いますよ。あいつの不料簡《ふりようけん》はあっしが代ってお詫びしますから」

「なーんちゃってよ、恰好つけんなっちゅうの。おめえはあいつのなんなんだ」

「そういう言い方はやめて下さい。あっしとおぶんは勘繰《かんぐ》られるような間柄じゃないんです」

「あ、そう、悪うござんしたね。それで、この手槍持って二人で何やってたんだ」

池之介が膝を乗り出し、

「旦那、こいつの持ち主がわかったんです」

「槍師の家を訪ね歩いたってわけかい」

「ええ、それで宮部仙蔵のものだって知れたんです。どうです、おぶんのお手柄でしょ」

陣内が溜息をついて、

「持ち主が知れたところでどうにもなりゃしねえんだよ、池ちゃん」

「どうしてです」

「おれっち町方がどうやって宮部をふん縛《じば》るんだ。さむれえを取締まんのは目付方の仕事なんだぜ。お支配違えなの。そんなことしたらとんでもねえことになっちまわあ」

「でもこれではっきりしたじゃねえですか、宮部と鶴岡藩の関係ですよ。仲間内といえども口封じに闇討も厭《いと》わねえんですからね、もう無関係とは言わせませんよ」

「今さらそんなことがわかったってよ、事はすいすいっとは運ばねえっちゅうの」

「それじゃおぶんのしたことは無駄だったんですか」

池之介に詰め寄られ、陣内は辟易《へきえき》となり、

「そ、そうは言わねえけどさ、あいつによく伝えといてくれよ、もう二度と捕物に首突っ込むなと。池ちゃん、おれぁ嫌なんだよ、ああいう素人《しろうと》にひっかき廻されんの」

「けど、それは……」

池之介の歯切れが悪くなった。

「なんだよ、もう手遅れだとでも言うのか」

「あっしも止めたんですよ」

「どこ行った、おぶんは」

「……」

「池ちゃん、おいらの目を見てちゃんと話して頂戴」

「おぶんは宮部の屋敷を見張ると言って」

「かあっ、馬鹿だね、あいつは。今さら見張ってどうするつもりなんだ」

陣内が慌てだした。

「狙いは信乃って女だそうです。出て来たら後をつけて、とことん見極めてやると言ってました」

「駄目だよ、そんなことさせちゃ。どうして止めねえんだ、おめえも」

「だから止めたって言ったじゃねえですか」

「いけねえ、こうしちゃいらんねえ」

陣内がそそくさと身支度を始めた。

「旦那、ここで待ってりゃあいつがなんかつかんできますよ。あっしらの手伝いが生《い》き甲斐《がい》になってきたって言ってるんですから」

陣内は戸口でふり返り、

「池ちゃん、それは違うよ」

「へっ？」

「あいつぁね、怖いもの知らずの向こう見ずなの。そこがおぶんの危ねえとこよ。あの馬鹿にそんなことさせちゃいけねえんだ」

「……」

陣内が出て行った。

池之介は駆け寄って来た姫を膝に抱き、

「旦那もおぶんのことを……」

つぶやき、ハッとなって、

「こうしちゃいらんねえぞ」

姫を放ってとび出した。

五

八丁堀から湯島妻恋坂をめざし、陣内は日本橋を渡って大通りを八《や》ッ小路《こうじ》に向かって歩いていた。

すでに夕暮れとなり、往来の人影はまばらになっていた。

今度こそおぶんにきつく言い、捕物の手伝いをやめさせねばと思っていた。盗っ人やごろつきの類《たぐい》ならともかく、相手は武家なのだからおぶんの歯が立つはずはないのだ。定職を持たぬまま、少しばかり横道に逸れてしまったおぶんのような女は、陣内が一番頭を悩ませるところだった。今は離れて暮らしているわが娘の茜《あかね》に、その突っ張った様子や危なっかしさが似ていて、おぶんには他人とは思えぬものを感じるのだ。捕物の手伝いなど金輪際《こんりんざい》やめさせ、何かの生業《なりわい》を持たせてやりたい。不身持ちな人生におさらばし、おぶんをまっとうな人間に導いてやらねばならない。

それがおのれの使命でもあると、陣内は思うようになっていた。気立ては悪くないし、素直なところもある。ちゃんと鍛《きた》え上げてやれば、きっと表通りを胸を張って歩ける人間になれる。おぶんには身寄りがないから、おれが後見人になってやってもいいと、陣内はそこまで気持ちを固めていた。

ところが――。

昌平橋を渡ったところで、陣内の足がヒタッと止まった。

柳の木の下に、鬼面人を脅すような二人の男が立ち並んでいたのだ。

どちらも力士崩れらしい六尺有余（約百八十センチ余）の巨漢で、腰に武器はなく、丸太のような太い腕をまくり上げている。共に泣く子も黙るが如き悪相だ。

こんな輩《やから》に待ち伏せされるいわれはないから、陣内は雇われの無頼漢だとすぐにピンときて、

「誰の差し金だい」――

ふてぶてしい笑みで問うた。そうしながらそっと羽織の紐を解き、静かに戦闘態勢に入った。

男二人は両の拳《こぶし》を突き上げ、ジリッと陣内に迫って来る。陣内の躰も大きいが、対《たい》峙《じ》すると二人は見上げるようだ。

男たちを刺激してやろうと、陣内が悪態をつく。

「でけえのは図体だけなんだろ、おめえら。そいでもって頭ンなかは空っぽで、叩きゃできの悪い西瓜《すいか》みてえな音しかしねえんだ。四股名《しこな》はなんてんだ、なんとか山とかなんとか海とかよ、それともなんとか沼かな。どうせ力士としちゃ三流で、出世なんかしなかったんだろ。出ると負けだったかも知んねえな。だからこんなくだらねえごろんぼ稼業やってるに違えねえ。この大馬鹿野郎ども」

陣内に挑発された単細胞の一人が顔を赤くして怒り狂い、とびかかって来た。前屈みになったその男の左目を、陣内がすばやく大刀から小柄《こづか》を抜いて突き刺した。眼球を潰された男が顔面を押さえて呻《うめ》き声を上げ、ぶっ倒れてのたうち廻った。片目から洪水のような出血だ。

それを見たもう一人が獣じみた唸り声を発し、やみくもに陣内に被さってくるや、首に毛むくじゃらの片腕を巻きつけた。息ができなくなり、陣内が必死でもがく。男はさらに腕に力を込め、グイグイと絞殺せんとする。

陣内が小柄で男の脇腹を刺しまくるが、肉厚のせいで痛痒《つうよう》を感じないのか、動きは止まらない。

（畜生、化け物かよ、こいつぁ）

陣内は懸命に首を動かし、眼前にある男の腕にガブッと嚙《か》みついた。

「ぐわっ」

叫んだ男の腕の肉が裂け、どくどくと血が迸《ほとばし》る。

男が怯《ひる》んだその隙に、陣内は相手の股間を思い切り蹴り上げた。金玉を潰され、男は地響き立ててドーッと後ろ向きに倒れる。

だがその時、陣内は背後に隙を作った。

いつ現れたのか、お高祖頭巾の黒い影が風のように走り寄り、小太刀を腰だめにして陣内に突進して来た。一瞬早く襲撃に気づいた陣内が身を躱《かわ》した。だが白刃の先が陣内の腿をかすって着流しが切り裂かれ、微かに血が滲《にじ》んだ。

影は信乃で、怨《うら》みの形相《ぎょうそう》凄まじく、体勢を整えて陣内を睨み据え、小太刀を構えた。その目には亡き岩井銀四郎への哀切、情念がみなぎっている。

「よせよ、おめえに怨まれる筋合はねえぜ。そいつぁ見当違えってもんだろ」

信乃は一切無言で、再び襲撃をしかけた。

そこにもう一つの影が弾丸のように突っ走って来て、信乃に体当たりをした。

「旦那に何するの」

怒声を浴びせたのはおぶんだった。

宮部の屋敷を見張っていて、そこから現れた信乃をここまで追って来たのだ。

足許を崩してよろける信乃に、おぶんは勢いが止まらず、頭ごと突っ込んで行った。

「あっ」

悲鳴を残し、道を踏み外して信乃が神田川へ落下した。派手な水音を立て、暗い水《み》面《な》に沈んで行く。


その時、向こうから左母次と池之介が走って来た。

陣内の後を追って来た池之介に、途中から左母次が合流したのだ。

力士崩れの二人は、ほうほうの体で別方向へ逃げ去った。

「野火様、しっかりして、あたしがわかる？　ぶんよ」

おぶんが身を震わせて陣内に取りつき、泣きっ面で介抱する。

左母次と池之介は陣内をチラッと見て、軽傷だとすぐにわかるから、放っといて暗い川のなかを覗き込み、信乃を探している。

しかし信乃は浮かび上がって来ない。

「二人とも、旦那が怪我してるってのに何しててんの。早くこっちへ来て手当てをしなさいよ」

おぶんは恐慌をきたしていて、最初の頃の高飛車《たかびしゃ》な女に戻り、二人に命令口調になる。

信乃が沈んだままなので、左母次たちは見切りをつけてこっちへ寄って来た。左母次にうながされ、池之介が手早く手拭いで陣内の疵口《きずぐち》を縛りつける。応急の手当てはそれで終わりだ。後は屋敷へ戻り、疵口を消毒して膏薬《こうやく》を貼ればよい。彼らは百戦錬磨《ひゃくせんれんま》だから、たとえ夜目でも疵の程度はすぐにわかるのだ。

しかし陣内はおぶんの腕のなかで瀕死《ひんし》のふりをしていて、

「あっ、もういけねえ、おぶん、後を頼んだぞ。短けえ一生だったよなあ、おいらはよ」

「嫌だ、嫌よ、こんなの嫌よっ」

泣き叫ぶおぶんの姿を、左母次と池之介は白けた目で見交わし合っていた。

六

水面に無数の鴉《からす》の死骸が浮いていて、川を余地なく真っ黒にしていた。

そのなかを信乃が、死骸の群れを避けながら不快な思いで泳いで行く。

だがそれは夢なのだ。

無意識に水を掻きながら、信乃は束《つか》の間《ま》睡魔に襲われ、ハッとなっておぞましき悪夢から醒めた。醒めはしても、尽きせぬ信乃の情念は変わらないのである。

岩井銀四郎を仕留めたのは宮部仙蔵だが、信乃の憎しみは彼にではなく、野火陣内という町方同心に向けられていた。

誰が聞いても理不尽《りふじん》な逆怨みなのだが、しかし信乃はそうは思わない。銀四郎が捕まった以上、誰かが口封じの刺客にならねばならず、もし状況が違っていたら、信乃が銀四郎殺しを引き受けていたかも知れなかった。

宮部家には便宜上の恩義があり、仙蔵は隠れた情人だから、信乃にとってそれらは大事な存在なのだ。

生きて行く上は秘密保持と保身はせねばならず、大きな黒い幕のなかに隠れ、信乃も仙蔵も息をひそめるようにして棲息《せいそく》している。

銀四郎と躰の関係は一切なかった。

密書を渡すのに特定の場所が必要となり、銀四郎の思案で、葭町の蔭間茶屋有明楼が隠《かく》れ蓑《みの》となった。

銀四郎は銀之丞と名を変えてそこの蔭間となり、ひそかに客のふりをしてやって来る信乃から密書を受け取りつづけた。誰にも知られず、事はうまく運んでいた。その時期は安泰だった。

そうして幾度か有明楼へ通ううち、信乃は銀四郎に対し、強い恋慕の念を抱くようになった。密書を渡せば用済みで、信乃は宮部家へ帰らねばならない。しかし帰るのがつらく感じ始め、ずっと銀四郎と一緒にいたくなった。だが銀四郎はそれを拒んだ。お役と遊びを混同するような男ではなかったのだ。

信乃は失望を感じながらも、ひそかに銀四郎を慕いつづけた。

ところが蔭間のなかに押込みがいたことから端を発し、そこから綻《ほころ》びが広がり、築いたものが崩れ始めた。役人が踏み込んだことですべては水泡に帰したのだ。

有明楼の一室での、銀四郎と差し向かいの一時《ひととき》が信乃にはなつかしくてならない。如何にそれが虚構のものであっても、信乃にとっては夢見るような逢瀬《おうせ》だった。他愛もない会話とはいえ、心は弾み、無上の喜びを感じていた。

その至福を壊したのは野火陣内なのだ。

いくらお役とはいえ、何ゆえわれらを引き裂いたのかと、信乃の逆怨みはそこに尽きるのである。

銀四郎への思慕の念と口封じは、相反することとはいえ、信乃のなかでは納得のいくことだった。たとえ恋する男でも、彼が危険な状態に晒《さら》されたら死しかないのだ。

信乃は零落《れいらく》した御家人の娘であり、それは冷酷な武家の教えだった。

昌平河岸から上がり、信乃は北へ向かった。

人けはほとんどなく、まっすぐ突き進み、用心しながら商家の軒下沿いに歩んで行く。商家はどこも大戸を下ろしていた。火の番や酔っぱらいが来ると、ひたすら闇に身をひそめてやり過ごした。着物はずぶ濡れで頭巾は川に流され、おのれの顔が剝き出しになっている。その顔を信乃は誰にも見られたくなかった。

妻恋坂の宮部家は灯が消え、真っ暗だったが、信乃は裏門からそっと忍び入り、邸内へ入った。カタとも音がせず、家人は寝入っているようだ。

廊下を奥へと向かっていると、弥左衛門の部屋から大きな鼾《いびき》が聞こえた。卒中で倒れてからというもの、毎晩こうだった。弥左衛門は手足が不自由で呂律《ろれつ》が廻らず、まともな会話もままならないのだ。そこを過ぎると仙蔵と登女夫婦の寝所だが、静まり返っている。

信乃は自室へ入り、濡れた衣類を脱ぎ捨てて着替えを始めた。

すると突如、寝ているると思った寝巻姿の仙蔵が押し入って来た。

とっさに信乃が薄物で躰を隠す。

「どこへ行っていた」

信乃は答えない。

仙蔵もそれ以上は聞かない。

「狂わせるのだ、そこ元の躰は」

仙蔵は信乃を抱きしめて乱暴に押し倒し、白い四肢を剝くと性急に媾《まぐわ》いを始めた。

身を任す信乃の脳裡《のうり》に、不意に陣内とおぶんの顔が鮮烈に浮かび上がってきた。

（二人ともきっと始末してやる）

信乃は心に誓った。

七

組屋敷の木戸門を抜けて入って来ると、式台の前にぽつねんと姫が鎮座していた。

赤い首玉が彼女を若く見せている。

おぶんは思わず笑みが出て、おいでおいでをした。だが今日の姫は機嫌がよくないらしく、素知らぬ顔をして逃げ去った。首玉をしてやった時は抵抗もせず、なついたかにみえたが、猫の気まぐれにはつき合いきれないと思った。元は野良と聞いたから、おぶんとしてはそこに親近感を抱いたのだが。

陣内のために鰻飯《うなぎめし》の折詰《おりづめ》を買って来て、おぶんはそれを手に邸内へ向かいかけた。

お高祖頭巾の女に斬られた疵は大したことはなく、あの時の陣内の大仰《おおぎよう》な芝居にはすっかり騙されたが、鰻飯は大番屋で陣内にふるまって貰ったお返しのつもりだった。あの後、頭巾の女の行方は知れず、石黒、宮部兄弟の方にもさしたる動きはなかった。

それで左母次と池之介はほかの事件に狩りだされていた。深川《ふかがわ》で火消し同士の大喧《おおげん》嘩《か》があって、そっちの仲裁へ行ったのだ。

今日の陣内は非番で、屋敷にいるはずだった。

だが玄関内に来客らしき人の雪駄《せった》が揃えてあり、おぶんは上がるのをためらった。

男物のその雪駄が気になった。

(誰かしら)

そこで玄関を出て庭の方に廻り込み、枝折戸《しおりど》の陰から屋敷のなかを窺《うかが》った。

陣内と母里が額を寄せ合い、何やら密談を交わしていた。おぶんの目からはかなり親しい間柄のように見える。

母里のことはおぶんは知らないが、その立派な羽織袴姿を見て、すぐに陣内の上司である与力様だとわかった。それがわざわざ陣内の屋敷へやって来て、密議を開いている模様だ。しかし町方同心は親しみ易いが、与力様となると、下々《しもじも》にとっては雲の上の人に思える。

おぶんは少し緊張し、気どられぬように息を殺して耳を傾けた。

「嫌だ、もう。今さら何言ってるの、あたしと野火殿の間じゃない。腹蔵《ふくぞう》なくなんでも打ち明けてよ」

母里の声が聞こえた。

（あ、あの人って？……）

おぶんは母里のおかま口調に驚きで首を傾げる。それに上司がなんで部下に「殿」をつけるのか。面妖《めんよう》な思いがしてならない。

「いえ、それはですな、口に致すと憚《はばか》られることですので。ここはひとつ慎重にやらねばこちらの馘《くび》が飛びかねません」

とかなんとか、陣内は逃げ口上を言っている。

「駄目よ、そんなのがこのあたしに通用すると思ってるの。ちょっと水臭いんじゃないかしら。ねっ、言って頂戴。今日の今日まで苦楽を共にしてきた仲なのよ、あたしたち」

（ええっ、嘘）

信じられない思いでおぶんは目を瞬いた。

あのおかまの上司と苦楽を共にしてきたということは、陣内も同類の男だったのか。

陣内は男臭いから男役で、あの上司は女役ということか。そういう関係もこの世にはあり得ることとは思うが、おぶんとしては絶対に認めたくない。

（嫌っ、信じたくない）

おぶんは耳を塞ぎたい思いがした。

「ではやむを得ませんな、腹を割ってお話し致しましょう。もそっとお寄り下され」

「寄っちゃうわよ、喜んで」

母里がにこにこして陣内ににじり寄った。

二人は顔がくっつきそうなほどに近寄り、陣内は低い声で秘密を打ち明ける。それを聞いているうちに、母里の表情がしだいに強張《こわば》ってきて、躰を硬直させるのがわかった。

聞き取れないので、おぶんは枝折戸をそっと押し開け、庭へ少し入ってそこで身を屈めて耳を欹《そばだ》てた。

陣内の話し声はほとんど聞こえないが、ある人物名と役職が告げられ、それを聞いたおぶんはたちまち張り詰めた。どうやらその人物が悪党の総本山らしい。

さらに断片的なその後の言葉で「手が出せない」とか「こっちの身が危なくなる」「証拠はまだ何もない」などと、陣内らしからぬ弱気の発言が聞こえた。

（何よ、野火の旦那とも思えないじゃない。そんなことでどうするの、あたしの気持ちを裏切らないで。しっかりしてよ）

歯痒い思いがしてきて、やがておぶんの義俠心《ぎきょうしん》に赤い火がついた。

八

江戸家老榊原左近将監は、廊下をヒタヒタと近づいて来る足音に鋭い視線を投げた。

体格優れ、白髪混じりの姿は以前のままだ。

夜の静寂に満ちた鶴岡藩江戸藩邸である。

やがて「ご免」と声を掛け、留守居役川瀬典膳がひそやかに入室して来た。こちらも痩せて姑息《こそく》そうな中年ぶりに変化はない。

書見をやめてふり向く榊原に、川瀬が膝行《しっこう》して囁《ささや》き声で告げる。

「信乃女《じょ》が目通り願い、参っておりまする」

それを聞くと、榊原は奇異な思いがして、

「なんと……信乃と申さば、岩井銀四郎と通じていた宮部家の女ではないか」

「はっ。ご家老はお会いしておりませぬが、上《かみ》と当家のつなぎ役を務めておりました」

「はて、岩井が死してそれは途絶えていたはずだが」

「御意。またそれを復元したいものと」

「おお、それは願ってもないことじゃ。したが、当方とて些か複雑な思いも……」

「宮部殿が岩井を仕留めたことにございまするな」

「左様。当家の家臣が暗殺され、如何に相手が上《かみ》の者とはいえ、本来なら怨み心を持つべき筋なのじゃ」

川瀬は狡猾《こうかつ》な笑みを浮かべ、

「誰が岩井の仇討など考えましょうや。彼奴《きやつ》めは駒のひとつに過ぎませぬ。また捕えられし岩井にもぬかりがあり、当方かどちらかで口封じを致すは当然のことと」

「その存念、間違ってはおらぬぞ」

「岩井の死はもはやお忘れ頂きたい。それよりご家老、当家の利益の方が優先ではございませぬかな」

「相わかった。よし、会おう」


書院にて、榊原と信乃は川瀬を同席させた上で、密議を開いていた。

信乃は例の如く、黒っぽい小袖にお高祖頭巾姿だ。

「宮部殿の言伝《ことづ》てによりまするると、また新たな作事《さくじ》が持ち上がったそうにございまする」

信乃の言葉に、榊原は眉間《みけん》を険しくし、

「今度はどのようなことじゃな」

「はっ、これに詳細が」

信乃が用意の書状を差し出し、榊原がそれに見入る。川瀬も脇から覗き込む。

「寛永寺大屋根の修復にございます」

そう言い、信乃がつづける。

「お役請負《うけお》いに選ばれし大名家、こたびは七家だそうにございます」

「そのなかに当家も入っているのだな」

「御意」

「うむ……」

榊原が難色の色で唸り、川瀬がすり寄って何やら小声で耳打ちする。榊原も声を落としてそれに答え、やがて川瀬が慌ただしい様子で出て行った。

榊原は気息を整えると、

「使いご苦労であった。したがそこ元がここへ来るのはよろしくない。次よりつなぎの手立てを考えようぞ」

「はっ」

信乃は叩頭《こうとう》し、頭巾の目を上げると、

「今ひとつお願いの儀が」

「願いの儀とな。なんなりと申すがよい」

「ご当家の手練《てだれ》をお借りしとう存じまする」

榊原が表情を引き締め、

「何をするつもりじゃ」

「討ち果たしたき者がおりまする。如何に刺客を差し向けても敵《かな》わぬ相手なのです」

「ほう、それは……」

「野火陣内と申す町方役人でございまして、その奴は岩井殿を捕えし憎き相手なのです」

「岩井の仇討を何ゆえそこ元が」

「私怨でございますれば、詳《つまび》らかなわけはお聞き下さいまするな」

そう言い、信乃は袱紗《ふくさ》包《づつ》みの切餅《きりもち》を差し出し、

「どうか、これでお聞き届けを」

榊原がそれを改めると、金高は百両だ。

「この金はどこから出ている」

「わたくしの手許金にございまする」

榊原が声を呑み、

「そこ元、それほどまでにして岩井の無念を晴らしたいと申すか」

「悲願と思し召し下さりませ」

「悲願……」

信乃は何も言わず、榊原を見据えている。

その気魄《きはく》に押されたようになり、榊原は腹を決めて、

「……左様か、そこまで申すなら願いを聞き届けようぞ。当家には腕に覚えの猛者《もさ》がいくらでもいる。野火なる不浄役人、闇討にして進ぜよう。その仇討、当家にも深き関わりあるがゆえにな」

「百万の味方を得た思いにございまする」

信乃が安堵してひれ伏した。

九

翌日の昼下がりである。

お金の倅《せがれ》の太助が音を上げ、道端にしゃがみ込んだ。

「ああっ、もう、おいら、疲れちまったぜ」

歩くのが嫌だと太助は言う。

神田連雀町から九段坂《くだんざか》まで、日照りのなかをてくてく歩きづめに来て、おぶんは太助のぼやきも無理はないと思った。

そこで近くにある葭簾《よしず》掛《が》けの茶店に入り、床几《しょうぎ》に並んで掛けると、麦湯を二つ老爺に頼んだ。太助にはきなこ餅《もち》をふるまってやる。

また騙《かた》りを働くつもりなので、二人ともみすぼらしい姿に身をやつしていた。

「おねえちゃん、今日はどんな奴を騙すんだい」

太助がきなこ餅を頬張《ほおば》りながら言った。

子供とはいえ大事な相棒なので、おぶんは騙りの時はいつも太助に計略を正直に話すようにしている。騙りの筋書きによってはお金のもう一人の赤子を背負うこともあるが、今日は太助だけだ。

「馬鹿ね、大きな声で言わないでよ」

おぶんが辺りに目を走らせながら言った。

「あ、いけねえ」

太助は声をひそめ、

「しんぺえしてたんだ。おっ母ぁの話だと、おねえちゃん足洗ったって言うから」

「そんなことないよ。また始めたからあんたとこうしているんじゃないか」

「うん、よかった。おっ母ぁもホッとしてたぜ。このところまたおっ父うが稼ぎを入れねえのさ」

おぶんがキリリと太助を見て、

「あたしが今度説教してやる」

「いい、よせよ」

「どうして」

「おっ父うだって悪いと思ってるんだ。言う時はおいらが言うぜ」

おぶんは微苦笑で、

「あんた、お父っつぁん好きだものね」

「あんないい奴はいねえ」

「そうね」

「それで、誰を騙すのさ」

「いいかえ、今日のは一世一代だよ。相手はご大身のお旗本なんだ。失敗《しくじ》ったら馘《くび》が飛ぶから覚悟しておくれ。あんた、男だろう」

「そ、そうだけど、でえ丈夫か、うまくやれんのかよ、おねえちゃん」

おぶんは胸を叩いて、

「やらずのおぶん様をみくびっちゃいけないよ。ドンとこいさ」

「よし、頼りにしてるぜ。ひと息ついたから行こうか」

「それを言うのはあたしでしょ」

おぶんは老爺に銭を払い、太助と茶店を出て九段坂を登りだした。

辺りは大きな武家屋敷ばかりで、往来の人も少なく、森閑《しんかん》としている。

すれ違った小商人に目当ての屋敷を聞き、おぶんは太助の手を引いて歩みつづける。

その旗本屋敷は大きく、優に千坪はあろうかと思われた。屋敷は三十三間四方で、門番所付長屋門《ながやもん》、海鼠塀《なまこべい》である。

当主は勝手方勘定奉行伊賀山《いがやまい》伊賀守《がのかみ》で、陣内が疑いをかけている人物であり、母里に問い詰められて明かした名だ。だが敵としての伊賀山があまりに大物ゆえか、陣内はすっかり臆していると思い込み、それならばと、こうして行動を起こしたものだ。

おぶんは屋敷の威容に圧倒されていたが、太助の手を強く握り、「じゃおっ始《ぱじ》めるよ」と小声で言った。

太助も緊張の目でうなずき、手筈《てはず》通りに芝居を始めた。

「あっ、おっ母さん、でえ丈夫か」

太助の叫び声と同時に、おぶんは急病人を装《よそお》ってふらっとよろめき、その場にうずくまった。気息奄々《きそくえんえん》とした様子を演ずる。

門番二人が驚いて駆け出て来て、「女、どうした」と聞くのへ、おぶんは片腹押さえて顔をしかめ、

「い、いえ、あの、急な差し込みで……ご門前を汚《けが》して申し訳もございません……あっ、痛い」

「おっ母さん、しっかりしてくれよ」

門番たちは困ってうろたえるばかりで、一人が「どうしたらいいんだ」と言っている。

そこへ上物の羽織袴を身につけ、深編笠《ふかあみがさ》を被った立派な武士がやって来た。中間二

人を供にしたがえている。供揃えが少ないから下城ではなく、所用で外出した帰りのようだ。

門番たちはそれが当主だとすぐにわかり、さらに慌てて、

「これはお殿様、お帰りなされませ」

一人が言い、二人してその場に畏《かしこ》まった。

殿様と聞き、苦しむ演技のおぶんが当惑の目になった。悪党の総本山にこんなに早く会うとは思っていなかったのだ。

「これ、女、持病の癪《しゃく》でも起きたか」

笠を上げ、勘定奉行の伊賀山伊賀守が言った。四十半ばの、眉目優れて恰幅《かっぷく》のいい男である。

十

「おぶん、おめえが九段坂まで行ったってのか」

さしもの陣内が驚きの顔になり、相対して座ったおぶんをまじまじと見た。その目にはどこか、悪いことでも見つかった時の子供のような狼狽《ろうばい》が窺える。

暮れなずむ野火の組屋敷の奥の間で、左母次と池之介は今日も深川へ出張っていて、

姿はなかった。おまけに姫も不在だ。

「盗み聞きしたりしてご免なさい、野火様。あたし、昨日ここへ来て野火様と与力様の話を聞いちまいまして、じっとしていらんなかったんですよ。まっ、その、義を見てせざるは勇なきなりってやつですね。決してやらずのおぶんに戻ったわけじゃないんです」

そう言うおぶんはみすぼらしい身装《みなり》から、小粋な花柄の小袖姿に戻っている。

「うむむ、よくねえぞ、おめえ。今さらあれをするなこれをするなと言ったところで、聞く耳持つ女じゃねえことはわかってるけど、そ、それにしてもおめえ……」

陣内は歯切れの悪いおのれを鼓舞《こぶ》するように、

「そいでどうだったい、勘定奉行は。会えたのか」

おぶんが自慢げにうなずき、

「いつもみたいにあたしが急病人を装っていましたら、ご門前でばったり会っちまったんですよ。それで親切にもお屋敷へ入れてくれて、殿様おんみずから介抱までしてくれたんです」

「よくやるなあ、おめえも。怪しまれなかったか」

「ええ、まったく疑っちゃいませんでした。しかも休ませてくれて薬まで貰って、その間いろいろ二人で話をして、帰る時には鳥目《ちょうもく》までくれました」

「どんな話をしたんだ、人柄はよ」

「それが、捌《さば》けたお人柄でびっくりしましたね。偉いお立場の人なのに下世話《げせわ》に通じていて、浮世のことをなんでもよく知ってるんです。他愛もない話ばかりでしたけど、これから始まる浅草観音の四万六千日や盂蘭盆会《うらぼんえ》のことや、それから勧進相撲《かんじんずもう》が楽しみだとか」

「けどおめえは悪い殿様と思い込んで行ったんだから、ずっと疑いの目で見てたんだろ」

「その通りです。悪事ってのはそういう好みや楽しみとは別ですから、きっと裏では悪いことをしてるんだろうなって」

「どうだった、おめえの目から見て」

「正直信じられない思いですね。今まであたしの知ってる悪党ってのは、顔に人でなしって書いてあるような与太な連中ばかりでしたんで」

「仮面を被ってるかも知んねえぞ、伊賀山様は」

「そこなんですよ。そう思うとだんだん人が信じられなくなってきますね」

陣内は腕組みして考え込み、

「実を言うと評判は悪かねえんだよ、伊賀山様ってな」

「そうなんですか」

「けど石黒殿や宮部殿に一番近え所にいるもんだから、もしかしたらとおいらが疑いの目を向けたのさ」

「どっちなんでしょう、あの殿様が善なのか悪なのか」

「おめえの話だけじゃなんともいえねえな」

おぶんがパンと手を叩き、

「あ、そうだ。いろんな話をしてるうちに、お奉行様の馴染《なじ》みの料理屋を聞き出したんですよ。深川の舟月《ふなづき》って店なんです」

陣内が感心の目でおぶんを見て、

「参ったね、おめえはてえしたもんだ。そいだけのこと聞き出すとしたら、おいらや左母次たちじゃひと苦労だぜ」

「きっと向こうも女だから油断したんだと思いますよ。でもそれでいいんです。みんな野火様のためにやってることなんですから」

「くわっ、泣かせるじゃねえか」

「本当なんですよ、野火様。あたし、野火の旦那が大好きなんです」

おぶんがあまりに率直にものを言うので、陣内がいつもと違ってどぎまぎと目をうろたえさせて、

「あ、いや、参ったね。もうおめえにゃ何も言うこたねえよ」

「ひとつだけ聞いてもいいですか」

「えっ」

遂にあのことを聞かれるのかと、陣内が身構える。その目に再び狼狽がよぎる。

「ここに来ていたあの与力様って、どういう御方《おかた》なんです」

案の定、危惧《きぐ》していたことをおぶんが聞いてきた。

「ど、どうもこうも……吟味方を背負って立ってる立派なお人だよ」

陣内が母里を庇《かば》い、しどろもどろで言い繕《つくろ》う。

「それがどうしておかまなんです」

「おかまじゃねえよ。母里様にゃれっきとした奥方もお嬢さんもいるんだ」

「両刀使いじゃないんですか、あれはどう見てもれっきとしたおかまですよ」

陣内はムキになって、

「違う、断じて違う。あの人はお育ちがいいからどうしてもああいうもの言いになるの」

「いいえ、立派なおかまです」

「違うって言ってんだろ」

「特別仲がいいんですか、野火様と」

「特別なんてこたねえ、ただの上役、下役の関係に決まってんだろ。なんか文句でもあんのかよ」

「ああいう人とあまり親しくならないでくれませんか。気持ち悪いじゃないですか。野火様だってそう思ってるはずです」

「よ、よ、余計なお世話だ。しょんべん臭え小娘が差し出たこと言うな」

「でも嫌だわ、あたし、あの与力様だけは」

「るせえ、馬鹿野郎、いい加減に黙らねえとその口縫いつけちまうぞ」

とは言うものの、今日の陣内はおぶんに弱みでも握られたようで、迫力に欠けた。

十一

翌日のことである。

江戸城本丸御殿と二の丸は汐見坂《しおみざか》でつながっていて、その坂のなかほどに石黒隼人正と宮部仙蔵の兄弟が佇《たたず》んでいた。城内ゆえどちらも肩衣半袴《かたぎぬはんばかま》姿で、場所を選んでの密談である。

二人の眼前の白鳥堀には野鳥の群れがすばやく飛び交い、深緑色の水面を乱している。

「兄上、寛永寺大屋根修復の件だが、上《かみ》の腹づもりはどうなのだ」

色白で一見軟弱者に見える宮部が言うと、四角四面の顔つきの石黒は含み笑いで、

「選ばれし七家はさぞや迷惑であろうな」

「戦々恐々としておるぞ」

「上よりお役ご下命の話が持ち上がる度、大名家はいつも汲々《きゆうきゆう》とせねばならん。そこがつらいところであるな。されど賦課《ふか》の定めは謀叛潰《むほんつぶ》しゆえ、それでよいのだ。大名家を肥え太らせぬため、ご神君《しんくん》様は天晴《あつぱ》れよくぞ考えたものよ」

宮部はその通りだと言ってうなずき、

「他藩に先んじ、生き残るためにはひとえに情報の入手が肝要だ。そこを鶴岡藩などはうまくやっている」

「しかしいつもいつも鶴岡藩ばかりがお役逃れをするは不審に思われよう。お偉方に疑念を持たれては、こちらに火の粉が降りかかってしまうでな」

「では、こたびは鶴岡藩に」

宮部が色を変えるのがわかった。

石黒は深い目でうなずき、

「そういうことだ。わしが引導を渡して泪《なみだ》を呑んで貰う。おまえも鶴岡藩にはいろいろ肩入れをしてきただけに、忸怩《じくじ》たる思いやも知れぬが、我慢致せ」

「いや、なんの。鶴岡藩とて所詮《しょせん》は一大名家に過ぎんのだ。しかしくれる金高が他家よりはるかに多いがな、火の粉が降りかかることを思えばなにものにも代え難いわ」

「おまえのその変わり身の早さは相変わらずだな」

兄は弟の酷薄さを好もしそうに見て、

「実はな、仙蔵よ、わしはいらざることをしてしまい、深く悔やんでいるのだ」

「なんのことだ」

「今はともかく、少し前までわしは信乃に疑いの念を持っていた。決して他人を信じぬわしの性癖はおまえも知っておろう」

「それは承知している。勘定吟味役などやっておればやむを得まい。何があったのだ」

「余人に信乃の調べを頼んだ。信乃が弥左衛門の仕打ちを今も恨んでいるのではと思われ、本当にわれらのために働いているのか、裏切ってはおらぬか、それを確かめたかった」

「その余人とは何者だ」

宮部が真剣な目で問うた。

「南町の吟味方与力で母里主水という男だ。過日に増上寺でお能を観る会があり、そこで引き合わされた。信頼の置ける人物と見込み、口外せぬことを約束させた上で、信乃の行動を調べて貰った」

宮部は険悪な表情になり、

「そ、それがこの結果を招いたということか……蔭間茶屋に押込みの下手人らがおり、計らずも町方が踏み込むことになった。その日信乃はいなかったが、岩井銀四郎は逃走を図り、行きがかりの駄賃で押込みの下手人どもを斬って捨てた」

「ああ、ゆえに野火陣内と申す不浄役人に目をつけられ、それが今でも尾を引いている」

「うむむ……しかしもはや後悔先に立たずであろう。そのことには蓋をするのだ、兄上。これ以上町方につけいられぬようにすればよかろう」

「うむ、わかっている」

そこで石黒はおもむろに口調を変え、

「信乃とはまだつづいているのか」

「ああ、それがどうした」

「義父の女などとよく睦《むつ》み合えるものよ」

「それはおれの勝手だ。兄上にとやかく言われる筋合いはないぞ」

「登女殿は知っているのか」

「狭い屋敷内で気づかぬはずはあるまい。したが登女は見て見ぬふりよ。あれは世間体が大事な女だからな、当家にしがみつくしかないのだ。夫婦仲はとうに壊れているわ」

「そろそろ信乃とは絶縁した方がよいぞ。あ奴は知り過ぎた。こちらにとって不都合者になりつつある。放り出す汐時《しおどき》であろう」

「そうなのか、それは兄上の存念か」

宮部が愕然《がくぜん》となり、うろたえた。

石黒は押し黙る。

「これまでもそうだったが、信乃はよくやっている。どこにも落ち度はないではないか、兄上」

石黒は深い溜息をつき、声を落として、

「仙蔵よ、これはわしだけの存念ではないのだ」

「……」

ある予感に宮部の顔が硬くなる。

「金紋様《きんもん》もそう申されておる」

「金紋様が」

「金紋様」の名を鸚鵡《おうむ》返《がえ》しにし、宮部はみるみる畏怖《いふ》の表情になった。そして不安の海に沈みそうになる。

「わかっておろう、あの御方には逆らえぬのだ。何もかもお見通しよ。金紋様のご意思は曲げられぬ」

「そ、それは……」

「仙蔵、信乃は諦めろ」

「兄上」

その時、近くでカサッと草に触れる音がした。

石黒と宮部が鋭い反応で見交わし、音のした方へ猛然と駆けた。

だがどこにも人影はない。

疑惑の思いで見廻す二人が、一点に視線を注いだ。

お掃除の者が使う竹箒《たけぼうき》が落ちていた。

お掃除の者の徳大寺吉六は、陰の雇い主である南町奉行根岸肥前守を探し、城内を駆けめぐった。

たった今、石黒、宮部兄弟の口から漏れ出た「金紋様」の名を根岸に伝えねばと、必死の思いだった。だが茶坊主《ちゃぼうず》の話ではすでに根岸は下城した後だと言う。下城の順路はわかっていた。それで外桜田《そとさくらだ》御門まで一気に走って御堀沿いに急ぎ、日比谷《ひびや》御門が見える所まで来た。その少し先には南町奉行所がある。

吉六は急いだ。

辺りには人っ子一人いなかった。

すると桜田御用屋敷の海鼠塀の陰からいきなり石黒が現れ、吉六の襟首《えりくび》をつかんで物陰に引きずり込んだ。

石黒も必死の形相で、先廻りしたために荒い息遣いだった。

「この間諜《かんちょう》め」

怒気を含んだその声に、吉六は言葉を失って蒼白となり、夢中で石黒を突きのけて逃げんとした。

石黒はすぐに追いつき、吉六を捉えると脇差を抜いて腹を刺した。

「うぐっ」

吉六は苦悶に表情を歪め、ずるずるとその場に崩れ落ちた。瀕死の形相で躰を痙攣《けいれん》させている。白い玉砂利《たまじゃり》に夥《おびただ》しい流血が広がっていく。

石黒が前屈みになり、吉六の躰を上向かせて留めを刺そうとした。

そこへ御用屋敷の方から賑やかな笑い声が聞こえ、武士らしき一団がぞろぞろとやって来た。

石黒は狼狽して脇差を鞘《さや》に納め、急いで身をひるがえした。

土にまみれて足掻く吉六には、しかしまだ息があった。

十二

そのおなじ頃――。

深川の料理屋舟月の大広間では、本所《ほんじょ》、深川を受け持つ町火消し百人余が双方向き合って対座し、喧嘩の手打ち式が行われていた。

大川以西の町火消しは一番組から十番組まであるが、本所、深川はそれとは別組織で、一番から十六番まであり、千二百八十人である。

この頃の江戸の町火消しの総数は、一万百四十三人にも及ぶ。

こたびの喧嘩は深川方三番、本所方六番の対立だった。日頃から反りが合わないものが、町中で些細《ささい》なことから諍《いさか》いとなり、やがて人数を繰り出して大喧嘩へと発展した。

それに駆けつけた左母次と池之介が躰を張って仲裁に入り、何度か深川に出向いた末に無事に事を収めたのだ。

火附盗賊改《ひつけとうぞくあらた》め役《やく》やお使番《つかいばん》など、火事に係わる諸役人が出馬して来ると厄介なことになるので、両岡っ引きの手で沈静化したのはことのほかめでたく、双方の人足総代（頭）は胸を撫で下ろした。

そこで時の氏神《うじがみ》である左母次と池之介を上座に据え、昼席ながら辰巳《たつみ》芸者を三十人ほど侍《はべ》らせて大宴会となった。

喧嘩といっても所詮は他愛もない意地の張り合いで、さしたる根があるわけではなし、竹を割ったような気性の江戸っ子同士ゆえ、座は間もなくして屈託《くつたく》なく賑やかに盛り上がった。

やがて宴たけなわとなる頃、廊下から女の悲鳴が聞こえてきて、小菊《こぎく》という売れっ子の辰巳芸者が大広間へ逃げ込んで来た。

すわ何事と一同が気色ばむところへ、酔いどれた若い旗本五、六人が小菊を追って闖入《ちんにゅう》して来て、血走った目で見廻すや、小菊を発見して、

「小菊、こっちへ参れ」

一人が手招きした。

さすがに売れっ子だけあって小菊は美形であり、それが表情を硬くしてそっぽを向き、

「お相手はできませんので、お引き取り下さいましな」

けんもほろろに言った。

どうやら旗本たちが無理無体を言い、小菊がそれを拒んでいるようだ。

旗本たちは騒然と殺気立ち、「したがわねば痛い目に遭《あ》うぞ」とか「酌婦《しゃくふ》の分際で利いた口を叩くな」などとほざき、大勢の火消し連中を一切無視し、五、六人がズカズカと小菊に近づいて来た。

その前にスックと立ち塞がったのは左母次と池之介で、他に血の気の多い火消しの五、六人も加勢の構えで立った。

「少しお酒が過ぎたようでござんすね」

左母次が言えば、池之介も怯む様子なく、

「芸妓一人に血道を挙げて、みっともねえとは思いやせんか」

二人が一戦を辞さぬ構えで言うと、旗本たちは怒髪天《どはってん》を衝《つ》く勢いとなり、「この下郎どもが」「われら直参《じきさん》をなんと心得おる」と罵声《ばせい》を浴びせ、たちまち一触即発の空気がみなぎり、座は水を打ったように静まり返った。

そこへふらりと若い旗本が入って来た。痩身《そうしん》で生っ白い顔つきの、やわな感じのする男だ。金糸、銀糸が縫い込まれたきらびやかな羽織を着ている。

「ああ、これ、方々、いかんいかん。このような所で騒ぎはなりませぬぞ。今日のところはすんなりと引き下がろうではござらぬか。さあ、元の座敷に戻って飲み直しと参ろう」

その旗本が言うと、他の連中はなぜか一斉に静かになり、そこそこに鉾《ほこ》を納めた。

その男が一派を率いている頭格のようだ。

一同をうながして引き上げかかっている旗本に、左母次が一歩前へ出て腰を低くして、

「よくぞ鎮めて下せえやした。お礼を申し上げやすぜ。もしよろしかったらお名めえを。あ、申し遅れやした。あっしはお上御用を承《うけたまわ》る左母次ってもんで」

「御用聞きか」

「へい」

「余の名は伊賀山左仲《さちゅう》じゃ」

鷹揚《おうよう》な口調で言い、伊賀山左仲は皓歯《こうし》を見せて爽《さわ》やかな笑みを浮かべた。

「伊賀山様……」

左母次がつぶやき、池之介もその名を刻みつけた。

左仲と旗本衆が去ると、小菊はそのまま座敷に居つづけ、他の芸者衆に混ざって気分を直すことになった。火消し連中や左母次たちは小菊とは顔馴染みだ。

その小菊に左母次がそっと尋ねる。

「贔屓《ひい》客《きやく》なのかい、今の伊賀山様は」

「ええ、そうなんですよ。ほかのお旗本衆は乱暴者が多いんですけど、伊賀山の若様だけはおやさしい御方でして、取り巻きのあの連中がよくないもんですから、いつもあたしどもはひと苦労させられるんです」

「若様のご身分は」

「お父君は勘定奉行の伊賀山伊賀守様でござんすよ。親子お揃いでご贔屓《ひいき》を賜《たまわ》っております」

「ほう、そいつぁ凄えや」

「左仲様も勝手方で働いておいでで、伊賀山家は二代にわたって優れ者という評判なんです」

「なるほどな」

それ以上聞くこともなく、左母次と池之介は酒に戻ったが、

「左母次さん、驚きですね」

「ああ、まったくだぜ」

二人は含みのある視線を交わし合った。

十三

その日の夜――。

左母次と池之介が帰って来ると、組屋敷の台所から煮炊《にた》きのよい匂いがしてきた。

「またあいつだぜ」

左母次の言葉に、池之介は苦笑して、

「まるで飯炊き女を雇ったみてえじゃねえですか」

「それも通いのな」

「そりゃそうですよ。住み込まれたらちょっと問題でしょう」

玄関から上がって来る二人を、おぶんが姫を抱いて迎えに現れた。襷掛《たすきが》けに前垂れ姿となり、すっかり野火家の女中のようだ。鈴を鳴らせて姫は遊びに行った。

「お帰りなさい、ご両人」

「旦那は」

左母次の問いに、おぶんは眉間《みけん》を寄せて、

「それが、お奉行様から急な呼び出しで」

「お奉行様から？」

池之介が問い返し、奉行直々の呼び出しなど滅多にないから、怪訝顔《けげんがお》で左母次を見た。

「どんな用件か聞いてねえかい」

左母次も訝《いぶか》しい思いで、おぶんに聞く。

「なんでも誰かが死んだらしくって、それを伝えに来たのが母里様って与力様でしたよ」

「母里様が使いっ走りとはよくよくのこったな」

そう言う左母次に、おぶんは顔を寄せ、

「左母次さん、実はその母里様のことなんですけど」

「母里様がどうしたい」

「あの人、おかしくありませんか」

左母次は面食らって、

「おかしいとはどういうこった」

「だって、あの人は……」

「何言ってるんだ、おぶん。いい人だぜ、母里様は。おれたちにも気さくにお話しンなさるし、与力様だからといって威張り散らさねえとこがいいんだ。人間ができてるんだよ」

池之介が言った。

左母次と池之介の前では母里はおかま言葉を使わないから、彼らは何も知らないのだ。

おぶんは信じられない思いで、

「威張るどころか、ちょっとあれでは……」

「何を言いてえんだ、おめえは。母里様のどこに問題があるってんだよ。妙な言い掛かりつけると承知しねえぞ」

左母次が叱るように言う。

「だから問題は……じゃはっきり言いましょうか」

おぶんが言いかけたところへ、陣内がのっそりと帰って来た。

迎える三人に、陣内は浮かない様子で、

「着替えに戻っただけでよ、またすぐ出掛けなくちゃならねえんだ」

「どこへですかい」

左母次が聞くのへ、陣内は目顔で三人を呼び集め、

「ほれ、銀之丞を捕めえるきっかけンなったこの間のお掃除の者の吉六さんだよ」

「へえ、それがどうしたんです」

左母次が眉間を険しくして言った。

「その吉六さんが南の番所の近くで、何者かに刺し殺されちまったのさ」

殺しと聞いて、左母次と池之介が尋常でいられなくなる。

「それでちょっと本郷まで話を聞きに行こうと思ってな。けど気が重いんだよ、若えかみさんと赤ん坊が取り残された家だもんなあ」

「旦那、そいつぁいってえ誰が……」

池之介の問いに、陣内は表情を暗くし、

「どうせあっち側の、宮部か石黒のどっちかだろうぜ。南の番所近くってことは、吉

六さんはお奉行になんぞ知らせようとしたんじゃねえかな。お奉行はそう思っていなさる。それだけにお奉行も責任感じたらしく、不憫《ふびん》なことをしたと」

ふところから金包みを取り出し、

「おいらに香典《こうでん》を届けろって言うのさ。開けてびっくらこいたね、十両もへえってるんだもん。おいらが死んだってこんなにくんないよ、きっと百文ぐれえがいいとこだぜ」

左母次が座り直して、

「旦那、あっしらの方からも話が」

「おう、どうしたい、火消しどもの手打ちは」

「丸く収まって、うめえ酒ンなりやした」

「よかったじゃねえか」

「へい、それはいいんですがね、宴会やってたらお旗本衆と諍い起こしそうになって、伊賀山左仲様って若えお旗本に取りなして貰ったんですよ」

「伊賀山左仲だと？」

陣内がキラッと目を光らせた。

「勘定奉行伊賀山伊賀守様の一人息子でさ。左仲様は今は勘定衆の一人に過ぎやせんが、たぶんこの先お父君の引きで、ご出世は約束されたようなもんだとか」

左母次が含みを持たせた口調で言う。

勘定奉行伊賀山伊賀守への疑惑は、左母次も池之介もすでに陣内から聞かされていた。

「……なんとまあ、浮世は狭えなあ」

陣内が考えに耽《ふけ》る。

するとおぶんが身を乗り出して、

「左母次さんも池之介さんも、このところ忙しくってなかなか会えませんでしたよね。それでつい言う暇なかったんですけど、あたし、その伊賀山伊賀守様に会ってるんですよ。とってもできのいい殿様なんです」

「おめえが伊賀山様に？」

「そうなんです」

そこでおぶんは陣内に喜んで貰おうと、やらずのおぶんに戻り、伊賀山家の前でひと芝居打って様子を探ろうとしたところ、そこへ奇しくも現れた伊賀山本人と遭遇したことを明かし、

「お父君はそうでしたけど、息子さんの方はどうでしたか」

「いや、左仲様の方もきちんとした御方で、非のうちどころがねえのさ。そうだよな、池よ」

「へえ、文句ありませんね」

　三人は押し黙っている陣内に気づき、

「旦那、どうしたんですか」

　池之介が問うた。

　陣内はムズ痒いように首の辺りをボリボリと掻いて、

「なんかなあ、気に入らねえよなあ、こういうのって」

「何がです。どこがいけねえんですよ」

　池之介の追及にも、陣内はのらりくらりをつづけて、

「そんな立派な親子、屁《へ》みてえなもんだろ。ありえねえよ。おいらが駄目親父だからかもしんないけど、そういうの聞くとヤだね、逆らいたくなっちゃう。人間はさ、欠陥だらけだから人間なんだよ、おいらみてえによ。ヤだね、ついてけねえや」

十四

　本郷金助町を後にし、陣内は一人夜道を歩いていた。

どこかの樹木のなかから、梟《ふくろう》が陰気臭い声で鳴いている。

徳大寺吉六の小屋敷では親類縁者、それに同役らが多数詰めかけ、故人を偲《しの》んで皆が悲しみに沈んでいた。

陣内はまず遺骸に対面し、白布を取って吉六の死に顔を拝んだが、おだやかな表情をしていたのでホッと安堵した。

しかし参列者たちは陣内によそよそしく、誰も顔を合わせようとはしなかった。奉行根岸の手先として吉六が働いていたことは皆がうすうす知っていたから、そのせいでこういう惨禍《さんか》を招き、少なからず恨んでいることは理解できた。陣内としても肩身が狭いのである。

陣内は若い女房を小部屋に呼び、奉行からだと言って十両の香典を手渡した。

女房はうちひしがれていたが、

「亭主が死ぬ前に……」

と言いだし、陣内は思わず真顔を向けた。

「ここへ運ばれて来た時はまだ息があったんです。それでお医者さんが来るまでわたしが介抱していますと、亭主が妙なことを口走りました」

「なんと言いなすった」

女房は迷うように言い淀《よど》んでいたが、

「金紋様と」

「金紋様……なんのことでござろうか」

「さあ、わたしにも。それからすぐに息を引き取ったんです」

嗚咽《おえつ》する女房を尻目に、陣内は茫然《ぼうぜん》と考え込んだ。

昌平坂学問所の大きな建物が見えてきて、そこで陣内はまた考え込み、佇んだ。

「金紋様だと？」

腑《ふ》に落ちない陣内の声が漏れ、

「誰かの称号か、それとも綽名《あだな》か……さっぱりわからねえな」

つぶやくと同時に、その目が凄まじい殺気を感じて鋭く四方へ走った。

暗闇のなかに、黒羽織に袴姿の十人の侍が立ち並んでいた。明らかに陣内を狙っての刺客だ。頭巾は被っておらず、二十代、三十代の鶴岡藩の猛者《もさ》たちだ。

それが夜霧のなかに立っている姿は、まるで冥界《めいかい》の使者のようで、鬼気迫るものがあった。

「……」

陣内は無言で羽織の紐を解き、刀の鯉口《こいぐち》を切った。

そしてやおら横移動を始めて猛然と走り、学問所の馬場にある竹林の繁みのなかへとび込んだ。十人の侍たちも追って来て陣内を取り囲み、一斉に白刃の林が向けられた。

竹林に殺伐とした空気がみなぎる。

中天《ちゅうてん》から青白い月が煌々《こうこう》と照りつけ、夜風が笹の葉を不穏に揺るがせた。

双方は無言のまま、誰何《すいか》も問いかけもしない。

陣内は腰をやや落とし気味にし、刀の柄を握りしめた。

それはどんな敵にも戦慄《せんりつ》を覚えさせ、この上なく不気味なのだ。

その構えは田宮流抜刀術《たみやりゅうばっとうじゅつ》といい、ひとたび抜き放てば瞬時にして何人もの敵を斬り伏せる居合術《いあいじゅつ》で、始祖は田宮平兵衛《へいべえ》という慶長《けいちょう》の頃の人である。

この剣法を陣内は極めていた。

裂帛《れっぱく》の気合を発し、二人がダッと地を蹴るや、荒武者の如くに同時に斬りつけてきた。

陣内の刀が鞘走り、一人の横胴《よこどう》を払い、もう一人を袈裟《けさ》斬《ぎ》りにした。二人が瞬時にして血達磨《ちだるま》となって倒れ伏す。やがて断末魔《だんまつま》の呻き声も聞こえなくなった。

残る八人に恐怖の動揺が広がった。

陣内は落ち着き払い、血刀を拭って鞘に納め、刀の柄を握ってまた元の不気味な姿勢に戻った。

腥風《せいふう》吹きまくり、竹林が荒々しく騒ぐ。

「さあ、どうした。臆したのかよ。とっとと掛かって来ねえか。おめえら、命知らずのはずじゃねえのかい」

だが八人は刀を構えたまま、膠着《こうちゃく》して動けない。

みなぎる殺気だけが、陣内の躰に突き刺さってくる。

すると陣内が不敵な含み笑いをし、思わぬ行動に出た。躍り上がって竹を何本か切り裂いたのだ。

竹は斜めに見事に切断され、凄まじい笹音をさせて倒壊してきた。それを避けんとした刺客たちの隊列が乱れ、恐慌をきたした。

そのなかへ陣内が突進した。

抜刀し、電撃の如く白刃を閃《ひらめ》かす。

怒号と絶叫が飛び交い、阿鼻叫喚《あびきょうかん》の坩堝《るつぼ》となった。

三人が血に染まって地に伏した。

残る五人が異様な叫び声を上げ、われ先に四散して行く。

陣内がホッとしたのも束の間、背後から小太刀を手にした信乃が殺意を剝き出しにして忍び寄って来た。

陣内がふり向くのと、信乃がぶつかって来るのが同時だった。

一瞬早く身を躱し、陣内が信乃の手から小太刀を奪い取った。

「またおめえかよ、性懲《しょうこ》りもねえおねえちゃんだな」

「おのれ、野火陣内」

間近で二人の目と目が烈しく火花を散らせた。

「前にもこういうことあったよな。おめえ、どうしていつもいつも背中から狙うんだ。たまにゃ正面から来たらどうなんだ。それとも後ろが好きなのかい、おねえちゃん」

「この木っ端が」

歯《は》嚙《が》みして暴れる信乃に陣内がドンと当て身を食らわせ、次いで無慈悲にお高祖頭巾を剝《は》ぎ取った。

露出した信乃の左頰には、無惨な火傷《やけど》の痕があった。それは熟して割れた紅色の柘榴《ざくろ》のようであった。

十五

柱に縛りつけた信乃に寄り、陣内は火傷の肌をそっと撫でさすった。

「そんなに新しくねえよなあ。いつ頃負った火傷なんだ」

陣内の問いに、信乃はきつく唇を引き結んで何も答えようとはしない。不快な表情で陣内の手を避け、顔を逸らせている。

学問所の馬場の一角に設《しつら》えられた馬人足の小屋だが、無人なのを幸いに拝借した。内部には藁束《わらたば》や馬具が積まれてある。

昼になると学問所へ通う師弟たちが、馬場で馬術の稽古をするのだ。

そこに信乃を拘引《こういん》して来て縛り上げ、陣内はこれまでの一切合切《いっさいがっさい》を聞き出そうとしていた。

「黙んまりを通すつもりなのか、え？　不浄役人、木っ端役人とは口を利かねえってか」

「黙れ、このうつけ者めが」

信乃が侮蔑《ぶべつ》の目で言い、陣内へ怨嗟《えんさ》の目を向けてきた。

「あ、そう、どうしようもねえな、おめえって奴は」

陣内の手が伸び、信乃の両頬をバシバシッと容赦《ようしゃ》なく平手打ちにした。

「何をする」

打たれた頬を赤くし、信乃が激怒する。

陣内はいじめっ子のような笑みを浮かべ、

「あらまあ、あんた、怒った顔がいいよ。元々器量よしだったんだね。火傷さえ負わなかったら別嬪《べっぴん》でいられたのに」

「……」

信乃は再び沈黙だ。

陣内がガラッと口調を変えて、

「あんたとここでひと晩中押し問答してたって埒《らち》が明かねえやな。そろそろ話して貰おうじゃねえか、信乃ちゃんよ」

「……」

「いいか、勘定吟味役石黒隼人正、勘定組頭宮部仙蔵、この二人は兄弟だ。おめえは仙蔵が養子にへえった宮部家の当主弥左衛門殿の側女《そばめ》なんだよな。けど弥左衛門殿は卒中で倒れて寝たきりになっちまった。となると本来ならおめえは用済みのところだけんど、そのまま居つづけている」

「その辺どうなんだ、仙蔵がおめえに情けをかけたのか」

「……」

「やがておめえは仙蔵の意のままに動くようになった。お城で作事《さくじ》や普請事《ふしんごと》が持ち上がると、お役割り当ての秘密を仙蔵の指図でどっかの藩に教えたりしてるんだ。当然そこにゃ裏金が動いてるってこた読み込み済みだがよ。その相手先ってな、たとえば鶴岡藩だ。藩の方でもいろいろ考えて、人目のある所で密書を受け取るわけにゃいかねえから、若え藩士を蔭間茶屋に潜り込ませておめえと会わすようにした。そうだろ」

「……」

「若え藩士は銀之丞と名めえを変えて、おめえと秘密の仲を守ってきた。ところが銀之丞がおれっちの手に落ちると、なんと口封じの殺しにやって来たのが宮部仙蔵だったんだ。これにゃ驚いたね」

「……」

「そこんとこがおいらにゃわからねえのさ。なんでこのおいらを怨むんだ。お門違えだろうがよ」

「わたしは……」

陣内が顔を近づけ、

「やっと喋《しゃべ》る気ンなったのか、なんでも言ってくれよ」

「……」

「あら、また黙んまりかい」

「銀之丞は岩井銀四郎と申す。わたしは岩井殿を慕っていた」

感情に封印をしたような口調で、信乃が言う。

「ああ、そういうこと。でもお門違えに変わりはねえんだぜ。そりゃわかってんだろ、おめえにだって」

信乃は不意に苦悶に表情を歪めた。

「時にわれとわが身を責め立て、苛《さいな》みたくなる」

「よせよ、自分をいじめるこたねえだろ」

「わたしは貧乏御家人の娘だった。下には弟や妹が五人もいる。捨《す》て扶持《ぶち》でとてもやってゆけず、父はわたしを弥左衛門殿の側女に出したのだ」

「じゃ、その火傷は」

「側室に上がってすぐ、癇癪《かんしゃく》を起こした弥左衛門殿に誤って熱湯を浴びせられた。弥左衛門殿は深く詫び、病いに倒れてからもわたしを放逐《ほうちく》せぬよう、仙蔵殿に申し送りをしたのだ」

「ちょっと待った。おめえと仙蔵とはどうなんだ」

「どうとは？」

「秘密の仲なんじゃねえのか」

「……」

「この際だ、みんなぶちまけちめえよ」

「それはこの件に関わりはあるまい」

「ま、まあ、そうだけんどよ」

信乃は静かにひと息つくと、

「今さら実家に帰ってもわたしの居場所はなく、そのことで安住の地を得た。火傷のわけはそれだけのことだ。されど火傷によってわたしの女としての一生は閉ざされた。この先に希《のぞ》みは何もない」

陣内は口を挟まず聞いている。

「そんな時に岩井銀四郎殿に会ったのだ。あの御方は立派な武士《もののふ》であった」

「そうかな、そうでもねえだろ」

信乃がキッと陣内を見た。

「銀之丞は強請をかけてきたおいらの同役を手に掛けたりしてるんだぜ。いくら仮の姿でもよ、それが立派な武士のすることかよ」

「すべては秘密を守るためなのだ」

陣内がせせら笑って、

「大義がありゃなんでも罷《まか》り通るってか。あたしゃね、そういうのでえ嫌えだね。平気で人殺しまでして守らなきゃいけねえ秘密ってな、結局あれだろ。おめえたちが陰でこそこそやってる不正じゃねえか」

「……」

「そんなものに大義もへったくれもあるものかよ、そういう虫のいいこと言うなって」

「もはやどうでもよいことだ」

信乃は昂然《こうぜん》と言い放つと、

「そこ元に捕えられし時よりわたしの一生は終わった。切るなと突くなと好きに致すがよい。覚悟はできている」

陣内が嘆いて、

「惜しいよな、おめえ。そいだけの武家の心得を持っていながら、悪事の片棒なんか担ぐからこんなことになっちまったんだぜ。さぞ悔やんでると思うけどさ」

「悔やんでなどおらぬ」

「だって自分を責め苛んでるって言ったじゃねえか」

「だ、黙れ。さあ、引っ立てるがよい」

「話はまだ終わっちゃいねえよ」

陣内はまた信乃に顔を寄せ、

「金紋様って知ってっか」

「……」

信乃の表情に狼狽が走った。

「知ってんだな。誰のことなんだ、金紋様ってよ」

「それは言えぬ。口が裂けても言えぬ」

信乃が頑強に言い張る。

「勘定奉行の伊賀山伊賀守のことか。どうなんだ。正体を明かせよ」

「知らぬ」

「朝までかかっても言わせるつもりだぜ、おいらとしちゃ」

「拷問でもなんでもするがよい」

「強気だね、おい。おめえが身を挺《てい》して庇わなくちゃいけねえほどのタマなのか、金紋様ってな」

「そうではない」

「じゃなんだ」

「その名を言えば身の破滅になるからだ」

「身の破滅だと？　そりゃどういうこった」

「……」

その時、小屋にそっと近づいて来る足音を耳にし、陣内が鋭い反応をした。そしてきな臭さも感じ取り、すばやく立って戸の陰に寄った。

するといきなり戸を蹴破り、黒い影が立った。

陣内が影に手を伸ばそうとすると、ぬっと火縄の弾けた短筒《たんづつ》が突き出された。銃口は信乃に向けられ、影は迷うことなくそれを発射した。一瞬の出来事だ。短筒が炸裂《さくれつ》し、銃弾が信乃の胸をぶち抜く。

声も漏らさず、信乃は首を垂れた。

陣内が外へとび出すと、影は風を食らって消え去った後だった。

馬場に立って見廻すも、どこにも人影はない。

陣内は戻って来て、信乃を抱き起こした。

「おい、信乃ちゃん」

信乃がうっすら目を開けた。

「これで……これでよい……」

「ちっともよかねえだろ」

だが非業の死を受け入れ、信乃は果てた。

「……」

陣内は信乃が哀れでならなかった。同情には値しないかも知れないが、不本意な運命に翻弄《ほんろう》された幸薄い女だった。

（いいことひとつもなかったじゃねえかよ。そんなんでおめえ、納得できねえだろうが）

信乃を思い、一抹《いちまつ》、心を湿らせた。

第四章　おぶん

一

上野寛永寺大屋根修復のお役ご下命は、外桜田の虎御門御用屋敷《とらごもんごようやしき》で行われた。

御用屋敷とは勘定奉行支配下の郡代、代官が執務する屋敷のことで、ご府内に幾つかあった。ここで諸国の租税徴収《そぜいちょうしゅう》、農桑《のうそう》の勧奨《かんしょう》、民百姓衆の紛争調停などの民政が執り行われるのだ。だがそれは毎日ではないので、勘定奉行立ち会いの元、お役ご下命などにも利用されていた。

御用屋敷東側に入口を設け、両側に土蔵、その奥に表門を構え、門の突き当たりに大玄関、横手に役所、白洲《しらす》、そして一方に食餌部屋や湯呑場がある。別棟には郡代属吏のお長屋も並んでいる。

その日、大広間に集められたのは大名七家で、そのうちの二家には勘定吟味役石黒隼人正、勘定組頭宮部仙蔵が裏で根廻しをし、ご下命先をひそかに教えていた。

ゆえに鶴岡藩を含め、三家の江戸家老たちは余裕の表情をしている。何も知らされていない残りの四家は畢竟《ひっきょう》、戦々恐々なのである。大屋根修復の賦課《ふか》を下命されたが最後、莫大な出費となるからで、貧乏藩などはお家が傾きかねない。

ましてや寛永寺のような大伽藍《だいがらん》ともなると、名工と呼ばれる宮大工を雇わねばならず、その賃金たるや天井知らずとなる。高々屋根なれど、されど屋根なのだ。

幕府側の出席者は、勝手方勘定奉行伊賀山伊賀守を筆頭に、公事方勘定奉行一人、作事奉行、普請奉行各一人、それに石黒である。

咳《しわぶ》きひとつ聞こえず、ご下命は粛然《しゅくぜん》と執り行われた。七人の家老に折り畳んだ紙片が配られ、一枚にのみ「寛永寺大屋根板修復の儀　御願《おんねが》い奉り候」と書かれ、後は白紙だ。やがて結果が出た。それでも七家の家老たちは喜怒哀楽を一切見せずに無表情を押し通し、わずか半刻（一時間）足らずでそれは終わった。どこにご下命されたかは知らされず、不明のままである。

鶴岡藩江戸家老榊原左近将監は、深刻な顔つきで退出して来ると、食餌部屋へ入り、そこに端座して人を待った。もはや無表情ではいられず、その頬に苦渋を刻みつけている。予想外の結果が出たのだ。

ここへ来る途中、別室で控えさせていた留守居役川瀬典膳に、ご下命の結果を告げた上で、石黒と宮部を呼んで来るように命じていた。

そこへ御用屋敷の紺色の仕着せを着た若い小者が奥から現れ、榊原に茶の世話をしようとした。

「ええい、茶などいらぬ、向こうへ行っておれ」

榊原が叱り飛ばすように言い、小者は「へい、申し訳ござんせん」と答え、怖れをなした様子でこそこそと引き下がった。それは小者に化け、様子を探りに来た池之介なのである。

やがて川瀬に伴われ、石黒と宮部がやって来た。

二人は厳粛な面持ちで少しだけ頭を下げ、榊原の前に着座する。

榊原は怒りを極力抑えるようにし、落ち着き払った態度に努めながら、

「石黒殿、これはどういうことでござるか。何ゆえ寛永寺修復の儀が当家にご下命と相なったか、得心が参らぬゆえご説明願いたい」

「説明致すまでもござるまい」

榊原の怒りをはね返すように、石黒は四角四面の顔で傲然《ごうぜん》と言い放ち、

「すべては金紋様の思《おぼ》し召《め》しにござれば、ここはご容赦《ようしゃ》願わねばなり申さぬ」

「金紋様……」

榊原が青褪《あおざ》め、気勢を削がれた。川瀬も躰を硬直させる。

「それは誠なのでござるか」

「左様。金紋様はこのように申されておられる。いつもいつもご当家がお役逃れを致すは不自然極まりなく、世間の目というものもござる。諸般の事情を鑑《かんが》みればやむを得なきことと な。どうかご理解願いたい」

「し、しかし……」

榊原は一段と声を落とし、

「これまで当家がご両名にどれだけの金子《きんす》をご用立てしてきたか、お忘れではござるまいな。そのための礼金なのですぞ」

「それを口になされるか。それはそれ、これはこれでござるよ。今までのご当家の貢献は有難く思うておりゃ申す。向後《こうご》のことを考え、こたびは泪《なみだ》を呑んで頂きたい」

反論を許さぬ強い口調で石黒が言った。

「うぬっ」

榊原が怒りに身を震わせると、川瀬が膝を進め、

「宮部殿にひと言申し上げたい」

「なんでござろう」

宮部が冷やかな目を川瀬に向けた。

「過日、信乃殿より求められ、野火陣内なる町方同心を仕留めるため、当方より十人の刺客を差し向けました。これはあくまで陰にてのことゆえ表沙汰《おもてざた》にはでき申さぬが、その折五人は野火に討ち果たされたのでござる。当方はそういう犠牲も払いつつ、すべては藩のためと、苦渋の思いにて……」

川瀬が声を震わせて言う。

だが宮部は鉄面皮《てつめんぴ》の表情を動かさず、

「そのような一件、今さら持ち出されても迷惑千万。当家の信乃とてすでに落命致し、この世の者ではない。済んだことではござらぬか、川瀬殿。こたびのご下命になんの関わりがあると申されるか」

「では信乃殿を抹殺せしは何者とお考えか」

「野火なる不浄役人ではござらんのか」

「いや、不浄役人は短筒《たんづつ》など持ってはおりますまい」

「なんと」

宮部の顔色が変わった。

「生き残ったうちの一人が見ていたのでござる。野火が信乃殿を訊問するところを、何者かが短筒で撃ち殺したのですぞ」

「そ、それは何者なのだ」

「胸に手を当ててよくよくお考え下され」

宮部が険悪な形相《ぎょうそう》になり、石黒を見た。

だが石黒は取り合わぬ顔で、

「ではこれにてご免。例のもの、金紋様にお忘れなきように。三日後の暮れ六つ（六時）、いつもの所で。よろしいな」

「……相わかった」

榊原が腸《はらわた》の煮える思いでうなずく。

「では失礼致す」

石黒が言って宮部と共に頭を下げ、足早に出て行った。

川瀬がわなわなとおたついて、

「ご家老、約束が違うではございませぬか。寛永寺修復にはとてつもない金子が必要になるのです。今や当家にそのような大金はございません。おまけに金紋様に例のものまでとなると、出費は量《はか》り知れませぬぞ」

「……」

「ご家老」

榊原は席を離れかけ、立ちくらみがしてドサッと座り込み、

「典膳よ、信乃殿を撃ったのは何者なのだ」

「恐らく、金紋様ではないかと」

「見たのか」

「いえ、それは誰も」

「ではそのこと今さらとやかく申しても詮《せん》ないの。それこそ過ぎたことじゃ。この足で蔵前《くらまえ》へ参るぞ」

「お、お待ち下さい。山城屋《やましろや》にはもう一万両もの借用金が。その返済も済まぬままに、果たして用立ててくれるとお思いですか」

「そんなことを言っている場合か。何がなんでも山城屋を説得して借り入れねばならんのだ」

「は、はあ……」

襖《ふすま》一枚隔てた隣りで、池之介が一部始終を聞いていた。

（旦那から聞いてはいたけど、やっぱり信乃を殺《や》ったな金紋様とかいう奴だったのかい……）

池之介の思いは錯綜し、

（奴ら、案の定御用商人に縋《すが》るしかねえんだな）

鶴岡藩の御用商人である蔵前の札差《ふださし》山城屋の存在は、すでに調べ済みであった。

（それにしてもこの連中をこれだけ怖がらせてる金紋様とは何者なんだ。早く面を拝みてえもんだぜ。例のものとは、恐らく金紋様に差し出す裏金のことだろう。それが三日後の暮れ六つなのかい）

どのようにして謎《なぞ》の金紋様に辿《たど》り着くか、それがこたびの作戦であった。

二人がもたついている間に、池之介はひと足先に消え去った。

二

山城屋へ来て奥の間へ通されるなり、榊原は主伝兵衛《あるじでんべえ》に一万両の借用を申し入れた。

すると予期した通りに、伝兵衛は渋い顔になった。

「如何に長いおつき合いとは申せ、先の一万両がまだ手つかずなのでございます。そこへさらに一万両など、途方もないお話ではございませんか。わたくしどもに打ち出の小槌《こづち》でもあればともかく、この上のご用立てはどうか平に、ご勘弁を」

初老の伝兵衛が、畳に額をすりつけるようにして断った。

榊原がそこをなんとか致せとごり押しするが、伝兵衛はご用立てできませせぬの一点張りだ。

榊原と川瀬は、切羽詰まった顔を見交わし合う。

蔵前へ着いた時は日没となっていて、すでに大戸は閉められて商いは終了し、店では何十人という番頭、手代らがその日の帳尻合わせをしていた。一斉に弾かれる算盤《そろばん》の音が、静かだが活気を感じさせている。

「これ、典膳、どうしたらよいのだ。もはや万策尽きたぞ」

「で、ですからご家老……」

川瀬はあたふたとなり、

「山城屋、なんとか知恵を授けてくれ。どうしても一万両作らねば当家は立ち行かなくなるのだ」

「は、はい、ですがこればかりは……」

金は貸せぬと、伝兵衛はおなじ言葉を繰り返すばかりだ。

榊原と川瀬は力ない足取りで席を立ち、番頭たちが帳尻合わせをする傍らを通り抜け、店の外へ出た。

そこまで送って来た伝兵衛が、ピシャッと潜り戸を閉め切る。

蔵前通りは商業地で早仕舞《はやじま》いだから、居並ぶ札差の店はすべて大戸を下ろし、辺りは真っ暗だ。人通りも絶えている。

二人が当てのない足取りで歩きだそうとしたその時、山城屋の横路地から一人の男が現れ、「もし」と控え目な声を掛けてきた。

榊原と川瀬がふり向くと、そこに立っていたのは番頭風の男で、山城屋の屋号を染め抜いた半纏《はんてん》を着ている。見たこともない男だが、百人近くいる大店の奉公人の顔など覚えているはずもなく、半纏を見ただけで二人は山城屋の人間と思い込み、信じて疑わなかった。

「何かな」

川瀬が問いかけると、男はそっと寄って来て囁《ささや》くような声で、

「手前、五番番頭の宗助《そうすけ》と申しますが、最前奥でご両名様が旦那様とお話をしているのを聞いてしまいました」

榊原と川瀬は憮然《ぶぜん》とした面持ちで見交わし合い、それがどうしたという視線を向けた。

「ご入り用の金子は一万両と聞き及びましたが」

「その通りだ」

川瀬が言う。

「その金子、なんとかご融通できると思います」

「誠か、それは」

榊原が意気込んだ。

番頭はしかつめらしくうなずき、

「この少し先の猿屋町《さるやちょう》に、文福屋《ぶんぶくや》と申す骨董屋《こっとうや》がございます。そこの主の陣六《じんろく》というお人は元は札差でして、時折困った人に貸し付けて下さるんです」

「しかし見ず知らずのわしらに用立ててくれるかな。利息が高いのであろう」

心配顔で言う榊原に、男はにこやかな笑みで、

「いいえ、利息は世間並でして、阿漕《あこぎ》なことは一切ございません。見ず知らずの人でも貸して下さいますよ。陣六さんは人助けが好きなんです。なんでしたらわたくしの名前を出して下さっても構いません。山城屋の五番番頭の宗助でございます」

番頭が重ねて名乗ると、榊原は捨てる神拾う神とはまさにこのことではないかと言い、破顔した。

去り行く二人の後ろ姿を見送る番頭こそ、左母次が化けたものであった。

左母次は表情を引き締め、身をひるがえした。

三

猿屋町の文福屋とは、実際にはない店であった。

野火陣内はまず普請ご下命された藩の家老たちを罠《わな》に嵌《は》め、金紋様の炙《あぶ》り出しをしてやろうと考えた。

幕府の作事、普請に関わることに恐らく金紋様は隠然たる力を持っており、かならずや影にて糸を引いているものと睨《にら》んだのだ。

こたびの寛永寺大屋根修復にも無関係ではないと思い、鶴岡藩を含む候補七家のうち、たとえどこにご下命されようが、金紋様はきっと姿を現すと陣内は確信した。

だが具体策は何もなく、陣内、左母次、池之介が八丁堀の組屋敷で策を練っていると、いつの間に来たのか、おぶんが隣室からひょっこり現れた。

おぶんは今までの話は隣りでみんな聞いたと言い、計略に割って入って、この騙《かた》りの手口を語りだしたのだ。

寛永寺の作事を下命された藩は、かならずや御用商人の許へ借金に走るだろうから、陣内側が先廻りして手を打ち、当の商人にそれを断らせておき、その藩をこっちへ引き寄せたらどうか。つまり偽の商人に成りすまし、救いの手を差し伸べると見せかけ、金を工面してやってその流れを追えばよいのではないか。

おぶんはそう主張した。如何《いか》にも騙り屋らしい芝居がかった手口だ。

そんな大胆な発想は陣内や左母次たちには思いもよらなかったから、皆で唖然《あぜん》となっておぶんに見入ったものだった。

だが見せ金にしろなんにしろ、実際にそんな大金をどうやって工面するのかと左母次が突っ込むと、おぶんはそこまでは考えてなかったと言う。思いつきの浅知恵なのである。といっておぶんの案を退けて、代替えの案があるのかといえば三人とも目の前は真っ暗なのだ。それにおぶんの案はいちかばちかで、捨て難いものがあった。

左母次と池之介に決断を迫られ、陣内はあっさりおぶんの計略に乗った。七家抱えの御用商人をすべて調べ上げ、事に臨む決意をしたのである。

おぶんの思案に沿って、落札が決まったらすぐにその藩の御用商人の許へ先廻りし、金子の借用を断るように仕向け、困った当事者にこっちが善意の商人に化けて金の融通に乗ってやる。金はどうするのかと左母次がまた問いかけると、陣内は「上に掛け合ってみらあ」と言った。奉行所に出して貰うのだ。

そういう二段構えにして、獲物が罠にかかるのを待つことにした。

それも昨日今日の立ち上げだったから、全員が大忙しとなった。

一方でおぶんは騙りの舞台となる空き店を探しまくり、猿屋町に願ってもない物件を見つけてきた。

文福屋なる骨董屋が半月前に夜逃げをしてしまい、商売道具の一切が差し押さえをくらってそのままになっている店だった。

陣内も物件を見に行き、これならと得心して家主の許へ赴《おもむ》き、お上御用という名目で数日間、店を借り受けることになった。町方同心に頼まれ、断る勇気のある町人はまずいない。

それで騙りの舞台は、文福屋ということに決まった。

そして今日という日を迎え、普請ご下命の行われる虎御門御用屋敷には、池之介が小者になって潜り込み、ご下命の推移を見守った。

小者に化けるには仕着せがいるが、それは母里主水が裏から手を廻して調達した。

吟味方与力は郡代、代官筋にも顔が利くのだ。

そして寛永寺修復のお役が鶴岡藩に下命されるや、池之介は左母次の許へ突っ走った。

榊原と川瀬が山城屋へ行く時には、左母次が先廻りして主伝兵衛に会い、借入金の申し出を断るように指図した。

詳しいわけを聞かされないから、伝兵衛には何がなんだかわからなかったが、どっちにしろ鶴岡藩にもうこれ以上用立てるつもりはなかった。それに伝兵衛とて、岡っ引きには弱いのだ。

借用を断られた榊原たちが肩を落とすところへ、番頭に化けた左母次が文福屋の話を持ちかけるという段取りなど、すべておぶんの思案である。

初めにその段取りを聞いた時、陣内は舌を巻いたものの、

「おめえ、こんだけの大掛かりな騙り、めえにもやってたんじゃねえのか。今までは貧乏人に化けて、金持ちの善意に縋る程度だと思ってたけど、もっと悪いことしてたんだろ。そん時の一味の名を言ってみろ。どんだけ善人から巻き上げたんだ」

同心独特の疑念が突き上げてきて言った。

その時は左母次も池之介もいなかった。

するとおぶんは目に力を入れて陣内を睨むようにし、暫《しば》し無言のままそうしていたが、やがてハラハラと落涙をしたのである。

「あんまりですよ、野火様」

「えっ、あっ……」

言い過ぎたと思い、陣内がうろたえる。

「あたしのこと、まだそんなふうな目で見てたんですか。いつも何かあるとそうやって疑られてたんですか」

「いや、だからさ、その……」

「あたし、野火様に感謝してたんですよ」

「感謝？」

「野火様のお蔭であたし、まともになったような気がしてたんです。左母次さんや池之介さんたちとも仲良くして貰って、一緒に捕物のお手伝いをするうちに人はこうでなくちゃいけないんだって、そう思うように。だからそんなこと言われると悲しくって、お恨みしますよ」

「あのさ、ねっ、悪かった、すまん」

「騙り屋を始めた時、確かにそういう一味と関わりを持って、そのなかの一人から今度の騙りの手口なんかを聞いたんです。でもそいつらとはつるみませんでしたよ。だから聞いた話を今度のことに活《い》かそうとしただけなんです。悲しいです、悲しいですよ」

おぶんは嗚咽《おえつ》を始め、出て行ってしまい、残された陣内は後悔の念を強くして座り込んだ。

だがそれから半刻もしないうちに、おぶんはけろっとした顔で陣内の所へ戻って来て、

「いいですか、みんな野火様によかれと思ってやってることなんですよ。それのどこがいけないってんですか。女は好きな人のためなら、一生懸命になれるものなんです」

陣内は何も言えず、黙ってカクンと頭を垂れた。

するとおぶんは微苦笑を浮かべて、

「そんな、やめて下さい。仲直りしましょうね」

そう言って陣内の手を取り、それをおぶんは自分の頬に当てたのである。

「お、おぶん……」

「暖かい、野火様の手って」

おぶんの純な心根に触れたような気がし、陣内はうなだれて顔を上げられなかった。

自分がどうしようもない愚か者に思えてならなかった。

四

夜逃げのあった文福屋の店のなかをおぶんはきれいに掃除し、生活感を持たせるた

めに細々《こまごま》と細工もし、家のなかを行ったり来たりしていた。

やがて陣内のいる所へ来て、夜になった外を窺《うかが》い、「遅いですね、左母次さんたち」と言う。木綿《もめん》の着物に前垂れを掛け、おぶんはここの女中という役割だ。

陣内は左母次のことなど心配してなく、町人髷《ちょうにんまげ》を手鏡で見て、衣服も商人らしいものを着込んでおり、そっちの方が気になっているらしく、

「どうかね、おぶんちゃん、れっきとした骨董屋の亭主に見えるかね」

おぶんは苦笑混じりにその陣内を眺めて、

「ちょっとねえ、不気味な商人さんですけどねえ、向こうは金を借りたくてほかのことに注意がいかないでしょうから、きっと大丈夫ですよ」

「なるほど。おめえ、さすがに読んでんじゃねえか」

陣内がそう言い、おぶんと共に隣室に目をやった。

そこには奉行所から拝借してきた金箱が十箱、鎮座していた。それは母里が奉行所の上に掛け合い、調達したものだった。だからすべて本物の小判である。

もし手違いでも起こって金が返ってこなければ、母里は切腹なのだ。

自分がそんな立場に立たされ、いつもなら悲鳴を上げそうなところだが、この件に関して母里は騒がなかった。腹を括っているものと思われるが、陣内は改めて母里の

男気に感謝した。それだけに陣内も正念場だと思っていた。

　裏手からこっそり左母次と池之介が入って来ると、二人とも陣内の商人姿に笑いを禁じ得ず、

「旦那、すっかり古ぼけた骨董屋の主じゃねえですか。似合ってますよ。とても八丁堀のお役人にゃ見えねえや」

　左母次はからかうように言う。

「古ぼけたは余分だろ。おいら、この店を継いだ二代目若旦那のつもりなんだからよ」

「えっ、どこが」

　池之介が笑いを怺《こら》えて言い、不意に表情を引き締めて、

「おっと、大事なことを忘れるとこだった。旦那、鶴岡藩は三日後の暮れ六つに、どっかで金紋様に裏金を渡すらしいですよ。石黒が榊原にしっかり念押ししてました」

「三日後の暮れ六つだな。よし、わかった」

　陣内と左母次たちが、含みのある視線を絡ませ合う。

「左母次さん、首尾はどうなんですか」

　おぶんの問いに、左母次は自信ありげにうなずき、

「鶴岡藩の家老たち二人、こっちへ向かってるよ。おめえのお蔭でまんまと思う壺《つぼ》に嵌まったのさ」

そこへ表戸が叩かれた。

四人が鋭い視線を交わし、左母次と池之介は裏手へ消え去り、陣内とおぶんは気息を整えた。

陣内にうながされ、おぶんが手燭《てしよく》を持って部屋を出て行き、店土間へ下りて心張棒《しんばりぼう》を外した。

「どちら様で」

うす暗い店のなかには、書画、骨董類が所狭しと並んでいる。

おぶんの声が聞こえ、陣内は少し緊張の顔になる。

「山城屋の五番番頭宗助の引き合わせでここへ参った」

榊原がつっけんどんな口調で言い、川瀬と共に潜り戸から入って来た。

陣内が声を掛けて、

「宗助さんの引き合わせなら間違いない、ここへお通ししなさい」

おぶんが二人を連れて部屋へ入って来て、すぐに席を外して行った。

榊原は着座するなりじろりと陣内を見て、

「主の陣六とはその方か」

「左様でございます」

陣内が腰を低くして挨拶《あいさつ》する。

すると榊原は鶴岡藩江戸家老であるおのれの身分と名を明かし、川瀬もおなじく名乗った。

その上で榊原はおもむろに口を切り、

「急に金子が必要となり、困っている。宗助の話ではここですぐに用立ててくれると聞いたが」

「はい、それはもう、仰せの通りに」

「わしらを信用してくれるのか」

「信用するも何も、人は人品骨柄がものを言うものでございます。ご家老様のどこに疑う余地がございましょうか。あたくしにはひと目でわかります」

榊原は相好を崩して、

「うむ、そうか。では頼む」

「いかほどご入り用で」

「一万両である」

川瀬が虚勢を張って言った。

「承知致しました」

顔色ひとつ変えずに陣内が言い、立って唐紙《からかみ》を開けて隣室へ消えた。

入れ代りに廊下側の障子を開け、おぶんが二人分の茶を運んで来た。粛々《しゅくしゅく》とした面持ちで榊原と川瀬の前に茶を置く。

その時、おぶんの視線が一方へ流れてハッとなった。

榊原たちの背後の簞笥《たんす》に朱印札《しゅいんふだ》が貼ってあったのだ。朱印札とは債権者が物品を差し押さえるための貼り紙のことだ。店の骨董類にべたべた貼ってあったそれは、おぶんがあらかたひっぺがしたものの、室内のこんな簞笥にまでとは思いもよらず、内心うろたえた。上手の手から水が漏れたのだ。榊原たちに気づかれる前に外さねばならない。一万両の金高に顔色を変えない主の家に、朱印札の貼ってある道理はないのである。

「あっ、大きな蜘蛛《くも》が」

突然おぶんが叫んだ。

「何、蜘蛛だと？」

榊原が驚いて川瀬と見交わす。

「ええ、あたし、蜘蛛が大嫌いなんです」

「わしも蜘蛛は嫌いじゃ」

榊原が言って怖気《おぞけ》をふるう。

おぶんはバタバタと榊原たちの背後に廻るや、蜘蛛を追いかけるふりをし、すばやく朱印札をひっぺがして袂に押し込んだ。

「逃げられたか」

川瀬が言い、おぶんは残念そうに、

「すばしっこい奴でした」

唐紙を開け、陣内が金箱の一つを抱えて入って来た。それと入れ代りにおぶんは出て行く。

「お確かめ下さいまし」

陣内が厳かな表情で言い、金箱を開けてぎっしり詰まった小判を見せた。

榊原と川瀬が緊張のなかに安堵を滲ませて見交わす。

「残りの金子は隣りに」

陣内が言い、隣室を開けて九箱の金箱を見せた。

「数日うちに一万両、藩邸の方へお届け致します」

「そうしてくれ」

榊原が声を弾ませて言った。

五

三日後の昼下り——。

鶴岡藩藩邸の奥の間で、四人の男が密議を開いていた。

榊原左近将監、川瀬典膳、そして岩月圭三郎《いわつきけいざぶろう》、井口義平《いぐちぎへい》である。

岩月と井口は、陣内暗殺に差し向けられた十人の刺客の生き残りのうちの二人で、まだ若く、血気盛んな猛者《もさ》たちだ。

「藩邸の高窓からわれらが覗いているとも知らず、彼奴《きやつ》らめ、入れ代り立ち代り当家を見張っておりますぞ。野火陣内と二人の手先、それに奉行所の助っ人らしき小者らも混ざって、賑やかなことでござる」

岩月が揶揄《やゆ》めかして言うと、井口も失笑しながら、

「そこに若い娘も時折加わっております。町方風情のやることは底が浅くて噴飯《ふんぱん》ものでござるよ。遊山《ゆさん》気分なのかも知れませんな」

しかし榊原と川瀬は落ち着かぬ視線を交わし、

「奴らの狙いはなんだ。町方が大名家を見張ってどうする」

榊原の言葉に、岩月は首を傾げ、

「さあ、わかりません。野火が信乃殿より何かを聞きだしたやも知れませぬ。それであるいは……」

「あるいは、なんだ」

川瀬が性急な口調で聞く。

「金紋様とやらを、捕えんとしているのかも知れません」

岩月が答えると、井口が膝を進め、

「ご家老、金紋様とはいったいどのような御方なのですか。お役ご下命の折、よく名前が出て参りますな」

「その説明は後に致せ」

川瀬が言い、腹黒そうに思いめぐらせ、

「そうか。どこまで知っているのかわからんが、奴らは今日のことをつかんでいるのではあるまいか。今宵《こよい》暮れ六つに金紋様に金を渡しに行くのを、つけるつもりやも知れんな」

榊原へ鋭い視線を向け、

「ご家老、正直申して、われらにとって金紋様にはなんの義理もござらん。それどころか、金紋様さえいなければ当家がこんな災禍《さいか》に見舞われることもなかったのでは」

榊原は川瀬をなだめるようにして、

「典膳よ、お主の気持ちはようわかる」

「はっ」

「わしとて金紋様には諸々の怨《うら》みがある。したが今そんなことをしたら、当家にもっとひどい災いが降りかかる気がするぞ」

「しかし、ご家老」

「藩邸を切り盛りしていく上で、もはや金紋様はなくてはならぬ存在になっている。こたびは口惜しくもお役下命と相なってしもうたが、これまでのことを思い起こしてみるがよい。幾つかのお役逃れを金紋様は聞き届けてくれたではないか」

「されどそのためにどれだけの出費を強いられたかおわかりですか、ご家老」

「そんなことはどこの藩でもやっておろう。清濁併《せいだくあわ》せ呑み、長い物には巻かれねばならんのだ」

「はっ、それは確かに……」

榊原は三人を見廻し、

「町方の者どもに金紋様の正体が知られてはならぬ。確かに金紋様に義理などないが、ここは庇ってやるべきであろう。また後々そのことがわかれば貸しを作ってやることにもなる」

「相わかり申した。ではそのように」

川瀬が鉾《ほこ》を納めると、岩月と井口が共に顔を寄せ、

「ご家老、われらと致しましては、亡き五人の無念を晴らしてやりたいのですが」

岩月がどす黒い怨みを滲《にじ》ませて言えば、

「野火陣内をこの手で」

井口も目を血走らせて言う。

すると川瀬までもが二人の側に立ち、

「ご家老、それがしも彼らとおなじ思いにござる。不浄役人如《ごと》きに屈辱を受けたままでは武門が廃《すた》りまするぞ」

岩月と井口も殺気立った目になり、榊原に詰め寄った。

「いや、待て、抑えるのだ。野火なる者がどんな男かは知らぬが、今はその時ではない。町方と事を構えるは得策とは思えんぞ」

榊原が釘を刺しておき、

「それより今宵《こよい》、どのようにして彼奴らめの目を盗み、金紋様に金を運ぶか。日の暮れまでにその策を練ろうではないか。要は奴らを出し抜いてやればよいのだ」

四人が額を寄せ合った。

六

「おおっ、出て来やがったぞ。ご家老様のお出ましだ」

手ぐすね引いて待っていた陣内が唸るように言い、左母次と池之介が色めき立った。

そこには奉行所からの助っ人の小者たち五、六人もいる。

陣内は髷も身装《みなり》も元の同心姿に戻り、左母次と池之介もいつもの岡っ引き装束になっている。

藩邸の裏門が見える雑木林の奥で、薄暮となった今、それだけの人数がいても目立たない。

裏門から榊原が出て来た。文箱状のものを袱紗《ふくさ》に包み、大事そうに抱え持っている。

「旦那、あれは金紋様への上納金だと思いやすぜ」

左母次が言うのへ、陣内もうなずき、

「そうみてえだな。いよいよ金紋馬鹿の面が拝めるぞ。おめえらはここにいろ。家老はおいらがつけらあ」

　陣内が行動を起こそうとすると、それを池之介が止めて、

「旦那、マズいですよ。忘れたんですか。文福屋陣六として、家老に顔を見られてるじゃねえですか」

「あっ、そっか。うっかりしてたね、あたしとしたことが」

　陣内が目を慌てさせる。

　すると左母次も悔しい顔で、

「てことは、おれも五番番頭の宗助だから駄目なんだ」

「あっしもですよ。御用屋敷の小者として面見られてるんだ。向こうが憶えていればの話ですがね」

　池之介もためらった。

　ところがまた門が開き、岩月、井口とさらに三人の藩士が現れた。三人は岩月らとおなじ刺客の生き残りだ。

　それを見た陣内たちが目を見張った。

　五人はいずれも榊原とおなじ文箱状のものを袱紗に包み、抱え持っているのだ。それは一種異様な光景だった。

陣内が険しい目になった。

「畜生、奴らおれっちのことに気づいてやがるぜ。あいつぁごまかしのめくらましだよ。どれかひとつに上納金がへえってて、こうなると誰が金紋馬鹿に本物を届けるのかわからねえや」

「ど、どうしやす、旦那」

左母次が言うのへ、陣内は腹を据えて、

「よし、二人一組ンなってつけてくれ。つなぎは町々の自身番だ。なるたけ離れて面拝まれねえようにな、よろしく頼んますよ」

全員が散って六人の尾行を開始した。

おぶんは繁みのずっと奥にいて、陣内らのやりとりを黙って聞いていたが、どこか腑《ふ》に落ちない思いでその場に留まっていた。

(これってもしかして、六人が全部めくらましだったらどうなるのかしら。それでどこかで落ち合うとか……いや、違うな、誰か一人が本物の小判を持ってるんだわ。うん、きっとそうよ)

ギイーッ。

裏門がまた開き、川瀬が姿を現した。やはり文箱状のものを袱紗に包んでいる。

（あれだ、きっとあいつよ、本星は）

だが知らせようにももはや誰もおらず、おぶんはやきもきとして判断に困った。

川瀬はどんどん遠ざかって行く。

（あたしがやるっきゃないのね、わかったわよ）

おぶんが川瀬の尾行を始めた。

七

柳原土手はすっかり夜の帳《とばり》が下り、夜鷹《よたか》目当ての男客が左右から往来し、そぞろ歩いていた。

その期待に応えてか、土手の下から茣蓙《ござ》を抱いた白塗りの女たちが三々五々集まって来る。女たちに向かい、客らがひやかしの言葉を浴びせる。毎晩繰り返されている柳原土手の名物光景だ。

そのなかを縫って、刺客生き残りの藩士三人が、夜鷹などには目もくれずに行く。

それぞれ袱紗包みの文箱状のものを小脇に抱えている。

尾行しているのは奉行所小者の二人だ。

すると――。

前方の客らが悲鳴を上げ、往来の影が入り乱れた。何事かと見やった小者二人が、慄然《りつぜん》となった。

抜刀した藩士三人がこっちへ向かって走って来たのだ。その手に袱紗包みのものはなかった。それをうっちゃり、小者たちに兇刃を浴びせようというのだ。

小者二人は身の危険を感じ、すばやく身をひるがえした。だが一人は逃げ切ったが、もう一人は藩士の一人に肩先を斬られ、土手を転がった。軽傷とは思えるが出血が烈しく、そのまま神田川へ落ちて行く。三人の藩士は抜き身を手に岸辺に立って川を覗いている。

すると逃げたはずの一人が戻って来て呼び子を吹きまくり、それが辺りに鳴り響いた。

藩士三人はそそくさと立ち去った。

血まみれの小者が川から上がって来て、眼前の草むらに投げ捨てられた文箱のひとつに気づき、それを取ってなかを開いた。

空っぽだった。

両国橋《りょうごくばし》の河原では、大きな焚火《たきび》が燃やされていた。

船頭たちが五、六人で火を囲み、がらくたの品々を燃やして酒を飲み、雑談している。

そこへ岩月圭三郎が来て、「燃やしてもいいか」と文箱を袱紗包みから取り出し、船頭たちに聞いた。中古で塗りの剝《は》げたそれを見て、船頭たちは誰も欲しがらず、燃やすことを承諾した。

岩月が文箱を火のなかへ投げ入れる。なかには何も入っていないようで、軽いそれはすぐに炎に包まれた。

そうしながら、岩月は皮肉な笑みを浮かべて背後に視線を流した。

つけて来て一部始終を見ていた左母次が、小者一人に舌打ちして囁いた。

「くそったれめ、こいつぁめくらましだったぜ」

からかわれているようで、左母次は腹が立った。

両国広小路の雑踏を井口義平が行き、陣内と小者一人が後をつけていた。陣内は頬《ほっ》被《かむ》りをして面体《めんてい》を隠している。

見世物小屋などは興行を終えているが、猥雑《わいざつ》な盛り場は酒と脂粉《しふん》の匂いに満ちていた。

陣内と小者が人を掻き分けて行くうち、横合いから現れた池之介と出くわした。池之介にも小者が一人ついている。

「旦那」

「あれ、おめえは家老をつけてたんじゃねえのか」

「そうですよ、この先歩いてますよ」

「なんだよ、手玉に取られてるみてえだな」

さらに先へ進むと、榊原と井口が肩を並べて行くのが見えた。

「何考えてやがるんだ、あいつら」

陣内、池之介、小者二人が尾行をつづけて行く。

川瀬を尾行して来たおぶんは、敵の姿が不意に消えたので緊張をみなぎらせた。

そこは鶴岡藩の藩邸からさして離れていない新《あたら》シ橋の北側で、幕府御籾蔵《おもみぐら》と餌鳥《えどり》屋敷に挟まれた真っ暗な幅広の通り路だ。

おぶんが歩を止め、油断のない目で様子を窺っていると、背後に人の気配がしたのでサッとふり向いた。

川瀬がうす笑いで立っていた。

どこかに捨ててきたのか、その手に文箱包みはない。恐らくそれもまやかしだったようだ。

「おい、番犬の廻し者、ふた目と見られぬ面にしてやろうかの」

おぶんが無言で川瀬を睨み、唇を強く引き結んで後ずさった。

川瀬が牙《きば》を剝《む》いて猛然と襲いかかり、つづけざまにおぶんに鉄拳《てっけん》を食らわせた。よろけるところへ足払いをかけてすっ倒し、馬乗りになってさらに拳で顔面を殴打した。力の弱い者に対し、この男は猛り狂うのだ。

こういう時、おぶんという女は一切声を出さず、叫びもせず、けなげにもひたすら耐えて制裁を受けるのである。


両国広小路の先にある薬研堀新地は、新興地特有の活気に溢《あふ》れていた。そこは埋め立て地なのだ。

屋台店がズラッと並び、客がそれに群がるようにして酒や煮物を口に運んで、埒《らち》もない話に興じている。その客たちを狙い、夜鷹とは別の白首《しらくび》の私娼らもうごめいている。

広場のようなそこから一線を画するようにして、奥まった場所に何軒かの料理屋が並んでいた。贅《ぜい》を凝らした高級な店ばかりだ。

榊原、井口をそこまでつけて来て、不意に人混みに紛れて見失い、陣内、左母次、池之介、小者三人は血眼《ちまなこ》になって一帯を探しまくっていた。左母次らは途中から合流したもので、両国橋の河原でのまやかしの報告はすでに陣内に済ませていた。

「旦那、どこへ消えたんでしょう、家老たちは」

左母次が言うと、陣内に焦った様子は見られず、

「どうせこの近くにいるよ、きっと隠れてるんだろ。鬼さんこちらじゃねえってのにな」

池之介が寄って来て陣内の袖を引き、小声で言った。

「旦那、見て下せえ」

陣内が池之介にうながされて一方を見た。

暗がりに岩月、井口、三人の藩士が殺気をみなぎらせ、こっちを睨んで立っていた。刀の柄に手を掛けているところを見ると、脅しをかけているつもりなのかも知れない。

陣内はその状況を睨み、何かが閃いた。

「奴ら、おれっちをここに足止めさせてえんだな。てことは家老は近くのどっかで金紋馬鹿に会ってるに違えねえぞ」

おれは家老を探しにこっそり抜けるから、おめえたちはここで睨み合いをやっててくれと言い、陣内はそっと退いた。

左母次、池之介たちが十手を握って腕まくりをし、岩月ら五人の方へ少しずつ近づいて行く。

だが陣内が睨んだ通りに足止めが狙いで、まさかこんな人目のある所で争いをするつもりはないらしく、岩月らは左母次たちを威圧し、道を塞いでいるだけである。

双方が距離を置きながら、火花を散らせて睨み合った。

陣内は目立たぬように闇に消えた。


陣内は路地を縫って突き進み、一軒の料理屋の前で歩を止めた。

店横の路地に、金鋲《きんびょう》が打たれ、青漆塗《せいしつぬ》りの立派な駕籠《かご》が止まっていたのだ。店内には陸尺《ろくしゃく》四人の姿も見える。

恐らく店のなかで、金紋様と榊原が会っているものと思われた。

「遂にめっけたぞ、こん畜生め」

陣内がドスの利いた声でつぶやいた。

そうして暗がりにひそみ、四半刻（三十分）ほど経った頃、店の主夫婦や仲居らに送られ、宗十郎頭巾《そうじゅうろうずきん》の武士が出て来た。その後から榊原も現れ、武士に硬い表情で二言、三言何か言い、やがて立ち去った。空になったものと思われるが、榊原は文箱包みをしっかり携《たずさ》えている。

陸尺四人が駕籠を担ぎ、店の前につけた。

それに頭巾の武士が乗り込む。だがきらびやかな羽織姿で、身分の高いことは察しがつくが、頭巾が目深で顔はよくわからない。やがて武士を乗せて駕籠も消え去った。

店のなかへ入りかける仲居の一人を、陣内が呼び止めた。

「ちょいと聞きてえんだがよ」

「あ、はい」

突然現れた役人の姿に、仲居は緊張する。

「今の駕籠の主は誰なんだ」

「勘定奉行の伊賀山伊賀守殿だな」

「伊賀山様のものですけど」

「はい、いえ」

仲居が言い淀《よど》む。

「なんだよ、違うのか」

「お乗りンなっていたのは、伊賀守のお殿様じゃございません」

「……どういうこった」

陣内が怕《こわ》い目になって仲居を見た。

八

それから二刻（四時間）ほど後、陣内は青い顔で八丁堀から再び両国へ向け、夜道をひた走っていた。

その後から左母次と池之介も息を切らせてつづいている。

三人で組屋敷へ戻って来ると、玄関先に結び文が投げ込まれてあり、

「女は預かった　東両国橘《たちばな》座《ざ》へ参れ」

文面にそうあったのだ。明らかに武家による文字遣いだった。

おぶんは鶴岡藩の連中に拉致《らち》されたのである。

陣内の胸に激震が走った。

おぶんがこういうことに関わり始めた頃から、陣内がずっと抱いていた危惧《きぐ》だった。

今やおぶんに寄せる気持ちは実の娘にも似たものがあり、兇事は断じてあってはならないことなのだ。

（生きていてくれ）

陣内の希《のぞ》みはそれだけだった。

三人は両国橋を東へ渡り、橋座へ急いだ。

橋座は浄瑠璃《じょうるり》芝居《しばい》の小屋だったものが、去年の暮れに潰れて今では廃屋と化していた。

市中見廻りの途次などに、浮浪者たちが寝泊まりしていれば、陣内はかならず追い払うことにしている。彼らが火を使えば、不始末から惨事を招くからだ。橋座と背中合わせにして回向院《えこういん》の大屋根が見えている。

橋座は真っ暗な夜の闇に沈んでいた。小屋掛けの筵《むしろ》が空しく風に揺れている。数年前には人気小屋で、客が長蛇《ちょうだ》の列を作ったものだった。それが座長の遊惰《ゆうだ》が祟《たた》って傾いたのである。

陣内は無言で左母次と池之介に見返った。

二人も何も言わず、目顔でうなずいただけで小屋の周囲を調べに廻った。

陣内が一人、小屋へ入って行く。

がらくたで足の踏み場もなく、それらを払いのけて突き進みながら、陣内の目がカッと舞台上に注がれた。

だらりとおぶんが横になっていた。高窓からの月明りがそれを照らしている。着物は乱され、白い太腿が露《あらわ》にされている。身動きをしないので、陣内が凄い形相になって駆け寄った。

「おぶん」

背に手を入れて抱き起こした。同時に着物の乱れを直してやる。まだおぶんの躰に温もりが残っていたが、すでに息絶えていた。首筋に手をやるも、脈は止まっている。その顔には殴打の痕《あと》も生々しく、幾つもの痣《あざ》ができていた。鼻血も糸を引いて乾いている。

しかしそれにしても奇妙な死体だった。表情は笑っているかのようで、苦悶は見えなかった。

どうやって死んだのか、殺されたのか、もはやどうでもいいと陣内は思った。ともかく魂《たましい》は肉体から抜けてしまったのだから。

おぶんはすぐにでもいつもの減らず口を利きそうな顔つきだったから、

(馬鹿野郎、てめえ、死んだふりなんかするなよ。いつものおめえに戻ってくれよ、もう何言っても怒らねえからよ)

陣内はついそう言いそうになった。

おぶんがこんなにあっさりこの世から消え去るとは思ってもいなかったので、陣内はそのことがすぐには受け入れられず、泪も出なかった。

だがその手が、全身が、これまでにないような烈しい憤怒に震えていた。

「旦那、危ねえ」

左母次の叫ぶ声がした。池之介も怒鳴るように何か言っている。二人は小屋の入口に立っていた。

陣内が顔を向けた刹那《せつな》、木材が軋《きし》む音を立て、轟音《ごうおん》を響かせて大屋根が落下を始めた。

とっさに陣内はおぶんの躰を横抱きにし、楽屋口へとび込んだ。

間一髪、屋根が倒壊してきて、凄まじい瓦礫《がれき》と埃《ほこり》が濛々《もうもう》と舞い上がった。ズシンと地響きさえもした。

陣内は楽屋でおぶんをきつく抱きしめ、いつまでも離さないでいた。

「おぶん……おぶんよ……」

まだ陣内はおぶんに話しかけている。

毛むくじゃらの太い腕のなかで、か細いおぶんの骨は折れそうだった。

おぶんはとても美しく、何かいいことでもあったような嬉しそうな顔をしていて、やはりそれはどう見ても死人とは思えないのである。

九

パッと哄笑《こうしょう》が上がった。

大川を漂う屋根船のなかで、川瀬、岩月、井口と三人の藩士が賑やかに酒盛りをしている。

翌日の暮れ六つだった。

風は凪《な》いで、今宵は大きな満月だ。時折静寂《しじま》を破って小魚がピュッと跳びはねた。

彼らは興奮気味に、まるで話の取り合いをするかのようにして、野火陣内とおぶんの死に快哉《かいさい》を叫んでいるのだ。

しかし橘座の大屋根に細工をして落下させたのはよいが、彼らは陣内の死を確認しておらず、そこいら辺りが如何《いか》にも杜撰《ずさん》なのであった。

「よいよい、これでよい。胸がすっとしたではないか。上《かみ》への腹いせにもなったような気がするの」

川瀬が言えば、岩月も手を叩いて、

「それにしてもあの女はよかった、極上でございましたぞ、川瀬様。何せ生娘だったのですからな」

「川瀬様も蕾《つぼみ》を割って味見をすればよろしかったのです」

井口が残念そうに言う。

「わしはあんな身分卑《いや》しき女に用はない。お主らとは違うのだ」

すると障子の外から陣内の低い声がした。

「どう違うってんだ、この下衆《げす》野郎が」

一団がギョッとして見交わし合い、慌てて障子を開けて覗いた。だがそこに陣内の姿などなく、黒い川面が広がっているだけだ。

「なんだ、今のは」

井口が言い、岩月は錯乱を生じて、

「野火陣内の声だ。こんな川の上で信じられんぞ」

「おい、船頭、怪しい奴は見なかったか」

川瀬が聞くのへ、頬被りをした若い船頭はいいえと言って首を横にふる。その船頭は池之介なのである。

「船を戻せ、早く戻せ」

岩月が泡を食ったように命じ、池之介はへいと答えて船首を廻した。

その時、スポンと栓《せん》の抜けるような音がしたが、誰も気づかない。

やがて井口が悲鳴のような声を上げた。

「ああっ、なんだ、これは。漏《も》っているではないか」

彼らの座った辺りがズブズブと川水で濡れてきていた。それは凄い勢いで船を浸食し始め、川瀬、岩月らは刀を取ってたまらずに中腰になる。

「船頭、何をしている、なんとか致せ」

川瀬が言って障子を開けると、いつの間にか池之介は姿を消していた。

「ど、どういうことだ、これは、船頭がおらんぞ」

川瀬は恐慌をきたして狼狽《ろうばい》し、オタつく。

岩月、井口らは船からの脱出を計らんと、船内を出て船縁《ふなべり》の方へ殺到した。たちまち船がぐらっと傾く。

川瀬は悲鳴に近い声で、

「これ、わしは泳げんのだ。なんとかしろ。置いて行くな」

だが誰しも自分だけ助かりたいから、「すぐに助けを呼びますぞ」などとおためごかしを言い、岩月、井口らは船を捨てて川へ身を入れた。

沈みゆく船上であたふたと悪足掻《わるあが》きをしている川瀬の姿は滑稽《こっけい》で、泣いたり叫んだりしていたが、やがてそれも船の沈没と共に聞こえなくなった。

岩月、井口と三人は泳いで岸に辿り着き、ずぶ濡れで河原に立ったものの、そこで凍りついたようになった。

陣内の黒い影が斧《おの》を手に立っていた。その衣服が濡れているから、やはり船の外にいたのは陣内だったのだ。

五人は刀だけは放さなかったから、一斉に腰のものに手をやり、

「おのれ、貴様」

岩月が吠え、全員で殺気をみなぎらせ、陣内を取り囲んだ。

陣内は斧で身構えると、

「てめえらに救いはねえな。あの世へ行っておぶんに詫びてこい。それからよ、改めて地獄へ真《ま》っ逆様《さかさま》だ」

「とおっ」

藩士の一人がしゃにむに白刃をふり廻して突進して来た。

その脳天に斧が叩き込まれ、柘榴《ざくろ》のようにパックリ割れた。たちまち脳漿《のうしょう》が地面にどろどろとこぼれ落ちる。

絶叫を上げる岩月らのなかへ、陣内が悪鬼の形相で斧をふるってとび込んで行った。

肉や骨の砕ける嫌な音がし、血汐《ちしお》が洪水のように飛散する。

その地獄絵は陣内が鬼で、岩月らは罪深き衆生《しゅじょう》のようで、まさに酸鼻《さんび》を極めるものであった。

殺戮《さつりく》は完膚《かんぷ》なきまでつづけられ、河原は血の海となった。

全身に返り血を浴び、陣内は荒い息遣いで修羅《しゅら》のなかに突っ立つや、怨念の目で満月を睨み据えた。

「まだ終わっちゃいねえんだ、まだなんだ、この野郎……」

泥でも吐くような重い声でつぶやいた。

十

伊賀山左仲が自室で一人酒を飲んでいるところへ、父親の伊賀守が入って来た。

伊賀守はその手に、手付盃《てつけさかずき》というふつうの盃よりやや深いものを持っている。息子とじっくり飲むつもりのようだ。二人は屋敷で過ごす身装で、着流し姿である。

鶴岡藩の六人が不幸な死を迎えた翌日の晩のことだ。

「これは、父上」

左仲が座り直し、優等生のように折り目正しく一礼する。その腰に脇差を差している。

「たまにはよかろう、親子酒も」

「はっ、喜んで」

親子さしつさされつの酒となった。

「急な話だがの、左仲」

「はっ」

「来月よりおまえを勘定組頭に引き立ててやることにした」

左仲は喜色を浮かべ、

「それは、望外の喜びにございます」

「百五十俵の勘定衆から、三百五十俵と扶持《ふち》も増える。出張り調査の場合は、箱根以内は二十両、さらにその先となると三十両が支給される。当分は御用旅が多くなるぞ」

「一向に構いません、旅は好きですので」

「左仲よ、その次はいよいよ嫁だ。妻《めと》を娶らねばならん」

「良縁がござれば、わたくしの方はいつでも構いません」

「わしに任せてくれるか」

伊賀守には目当てがあるようだ。

「ご随意に」

「よし、今宵は飲もうぞ」

「はっ」

その時、襖を閉め切った隣室から、陣内のくぐもったような声が聞こえてきた。

「麗《うるわ》しき親子愛にございまするな」

親子が険しい目で視線を交わし、左仲が立って襖を開け放った。

いつどこから入ったものか、陣内が端座して二人を見据えている。

「何奴だ、その方」

伊賀守は慌てず騒がず、冷静な声で言う。

「野火陣内と申す不浄役人でございます」

「それがなんの用だ、無礼が過ぎようぞ。人を呼ばれたくなかったら早々に退散致すがよい」

伊賀守はあくまで落ち着き払って言う。

左仲が無言で横に動き、隠し棚から何かを取り出し、すばやくふところに収めた。

陣内はそれを視野に入れながら、

「呼んでも構いませんぞ。さすれば家人の前で大声で言ってやります。お奉行殿の倅左仲殿は金紋様という裏の名を持ち、お役逃れの大名家から多大な金品を得ていると、隣家にも聞こえるように言ってやりましょう。ちなみにそれには、勘定吟味役石黒隼人正殿、勘定組頭宮部仙蔵殿も加担してござる」

それを聞くや、さすがに伊賀守が狼狽して鋭く左仲を見た。

左仲は目を伏せて押し黙っている。

「左仲、今この者が申したことは誠なのか。はっきり返答致せ」

「いえ、父上、それは……」

「おまえ、なんの不足があって……何ゆえそのような悪事を働いていたのだ」

「父上、この愚か者は世迷《よま》い言《ごと》を申しているのです。言い掛かりをつけて金でもぶん取るつもりなのですよ」

「そうは思えん、こ奴はそれなりの覚悟をつけて来たようだ。左仲、ここで黒白をつけるのだ」

「……」

左仲は暗い殺意の目で陣内を見ている。

陣内も睨み返している。

するとと何思ったか、伊賀守は二人を残したまま、不意に身をひるがえして奥へ姿を消した。

その動きを、陣内は不審な目で追いながら、含み笑いをして、

「おめえから言い掛かりと言われちゃしょうがねえ。だったら幾らせしめようかな。お父っつぁんより金持ちなんだろ。何千、何万両もの大金をいってえどこにしまってあるんだ」

「黙れ、木っ端が」

左仲が逆上し、ふところから短筒を取り出すと、火鉢に屈んですばやく火縄に着火した。

煙の上がるそれを握りしめ、左仲は陣内にサッと銃口を向ける。

「信乃を撃ったなその短筒だな」

陣内が言い放ち、猛然と左仲にとびかかった。

二人は揉み合って座敷をとび出し、揃って庭へ転がり出る。

突如、銃弾が発射された。

だが短筒は陣内に向きを変えられ、銃弾は地面に炸裂《さくれつ》した。

二人はパッと離れて睨み合う。

「おめえ、偉そうに金紋様と呼ばせる由来はなんなんだ。え？　そいつを聞かせて貰おうじゃねえか」

「下級者の不浄役人などにはわかるまい」

「なんだと、言ってくれるね、お坊っちゃん」

「わたしは幼少のみぎりより大名になることにあこがれていた。金紋とは大名の象徴ではないか」

左仲は陣内に冷笑を浴びせながら言い、脇差を抜いて身構えた。

陣内は油断せずにジリッと前へ動き、

「旗本は死ぬまで旗本なんだぞ、おれが一生不浄役人であるようにな」

陣内が迫り、左仲は後ずさる。

「それよりおめえ、肝心の話をしろよ。どうやって金紋様にのし上がったんだ」

「知りたいか」

「ジラすなよ」

「勘定奉行である父上の立場を利用し、ある時何人かの江戸家老どもを料理屋に呼び集め、お役ご下命の実権をこのわたしが握ると宣言した。そこで何を馬鹿なと一笑に付した一人の家老を、わたしは衆目のなかで斬り殺してやったのだ。料理屋の広座敷はたちまち血の海と化した。それを見た家老どもは慄然となり、怖れをなして何も言わなくなった。力には力よ。以来、わたしに逆らうとどうなるかがわかり、皆がしたがうようになった。その時から金紋様と呼ばせるようにもした。そうして作事や普請の話が持ち上がる度、わたしは陰にて動き、実権を握るようになったのだ。どうだ、怖れ入ったか。おまえの面も小判で叩いてやる。したがうがよいぞ」

陣内が不気味な笑みを浮かべ、

「ヤだね、あたしゃ。そういうのでえ嫌えなんだ」

「黙れ、木っ端の分際で黙れ」

脇差をふるう左仲が不意に呻《うめ》き声を上げ、動きを止めた。

駆け戻ってきた伊賀守が、背後から長槍で左仲を刺したのだ。

「ううっ、父上っ……」

「愚か者はおまえだ。よくも家名を汚してくれたな」

「あっ、くうっ」

血の滲むような目で父親を見据え、左仲はずるずると崩れ落ちて絶命した。

その時には陣内は伊賀守の前にひれ伏している。

「野火とやら」

「ははっ」

「後の始末はわしがつける。その方は立ち去れ」

「いえ、しかしこのままでは……」

「不浄役人の手は借りぬ。当家はこれにて幕引きじゃ」

伊賀守が絶望的な声で言った。

十一

八丁堀の地蔵橋《じぞうばし》の袂《たもと》に燗酒屋《かんざけや》の屋台が出ていて、陣内、左母次、池之介が明樽《あきだる》に並んで腰掛け、酒を舐めていた。

左母次の配慮で、屋台の親父は遠ざけられていた。

一件落着して大分経ち、少し蒸し暑いが静かな晩である。

「ああっ……」

陣内がやるせない溜息をつき、苦そうに酒を飲む。

その膝に抱かれた姫は、おぶんの置き土産《みやげ》の赤い首玉に鈴をつけている。

「なんかねえ、未だにおぶんが横にいるような気がしてならねえんだよ。いりゃいたでうるせえんだけどね」

「あっしもですよ、ひょっこり後ろから来るような気がして……」

左母次が寂しい声で言う。

池之介は終始黙りこくっている。

「元はと言やぁあれだよ、みんなおぶんの手柄なんだぜ。あいつの働きでもって、とんでもねえ悪事が日の目を見ることになっちまったんだ。生きてりゃ金一封だね」

陣内の言葉に、左母次はさらに心を湿らせて、

「それどころか、あっしとしちゃあいつに十手を授けてやりてえぐれえの気持ちですよ、よくやったと。おぶんは使える女でした」

「そうだね、使える女だったね。自分でも言ってたよ。こっちがそれを言ってやると喜んだもんね、嬉しそうな面しちゃってさ」

「いい奴でしたねえ」

「いい女だったよ」

陣内と左母次は暫し酒を酌《く》み交《か》わす。

「旦那、勘定奉行様がお腹を召しやしたの、ご存知でしたか」

左母次が話題を変えた。

「ああ、ゆんべ母里様から聞いたよ。伊賀山殿はちゃんとしたお人だったから惜しい

ね」

「それで鶴岡藩の江戸家老様も、こたびのお役下命とそれから諸々の不祥事《ふしょうじ》の責任をとらされて、詰め腹を切らされるようですぜ」

「詰め腹は石黒も宮部もおんなじだよ。二人ともお目付役の屋敷にお預けの身となってさ、厳しい沙汰を待つ身になっちまった。しょうがねえよな、長年にわたって悪事を働いてたんだから」

左母次と池之介は何も言わないでいる。

「結局今度はみんな死ぬ運命なんだな。みんなそれぞれ死ぬだけのわけがあるんだけど、切ないよ。おぶんは死ぬことなかったんだ」

「またそこへ戻りますか」

左母次がつらい目で言う。

「だって今日はおぶんの通夜だもの」

「あいつ、言ってたんです」

それまで沈黙していた池之介が、ぼそりと口を切った。

陣内と左母次が見守る。

「自分にはいつかきっと松明《たいまつ》を持った男が迎えに来るんだと、おぶんはそう言うんです」

　陣内と左母次がキョトンと見交わし、

「なんでえ、そりゃ」

　左母次が言い、

「意味がわからねえな」

「へえ、あっしにも。その時は何言ってるんだと笑っちまいましたけど、今思うと妙にひっかかって。なんのこってすかね、松明を持った男って」

　すると陣内は遠い夜空を仰ぎ見て、

「そいつぁあれじゃねえかな、おぶんが勝手に胸に描いた若様みてえな男のことだよ、白馬に跨がった色男でさ、そいつが松明持って夜道を明るくしながら、おぶんを迎えに来るって、そんな夢なんじゃねえか。きっとそうだろ」

「松明持った若様かあ……」

　左母次がしみじみと言えば、池之介もなんとなく納得して、

「そうですね、そうかも知れません。いい人が来るのを待ってたんですよ、おぶんの奴」

「情けねえなあ、おいら」

陣内が顔をくしゃくしゃに歪め、
「なんでおぶんを助けてやれなかったんだ」
ぐずっとなり、陣内が声を震わせる。
左母次と池之介はいたたまれなくなり、屋台を出て外の空気を吸いに行った。
陣内は一人になり、
「情けねえなあ、おいら」
またおなじことを言って酒を飲んだ。
それまでおとなしくしていた姫が、陣内の膝から出て行った。
チリリンとおぶんのつけた鈴が鳴る。
それを耳にするや、陣内はもう我慢ができなくなった。
盃にぽつりとひと粒、泪が落ちた。

時代小説文庫
わ 2-10

なみだ酒《ざけ》 死《し》なない男《おとこ》・同心《どうしん》野《の》火《び》陣内《じんない》

著者 和《わ》久《く》田《だ》正《まさ》明《あき》

2014年6月18日第一刷発行

発行者 角川春樹

発行所 株式会社 角川春樹事務所
〒102-0074 東京都千代田区九段南2-1-30 イタリア文化会館

電話 03(3263)5247[編集] 03(3263)5881[営業]

印刷・製本 中央精版印刷株式会社

フォーマット・デザイン＆シンボルマーク 芦澤泰偉

ISBN978-4-7584-3832-2 C0193

http://www.kadokawaharuki.co.jp/[営業]
fanmail@kadokawaharuki.co.jp[編集] ご意見・ご感想をお寄せください。